아버지의 교훈

서암 최 장 호 수필집

아버지의 교훈

제1판 제1쇄 인쇄 | 2019년 11월 25일

지은이 | 최장호
펴낸이 | 김명숙

표제글씨 | 양영일(아버지의 맏사위)/서울대 대학원 건축공학과 졸, 한국서예협회 회원,
　　　　　　공학한림원 회원, (주)퍼시스 부회장(전)
표지그림 | 임종임(아버지의 막내자부)/세종대 회화과 졸, 캐나다한인미술협회 회장(전).
　　　　　　작품소장 : Univ. of Toronto, York Univ.

펴낸곳 | 책마루
　등록 | 제301-2008-133
　주소 | 04558 서울시 중구 퇴계로 235 남산자이 304호
　전화 | 02-2279-6729　전송 | 02-2266-0452

ISBN　978-89-98437-16-9
ISBN　978-89-98437-18-3(EPUB2)

아버지의 교훈

서암 최 장 호 수필집

아버지

책 마 루

아버지(최재형)의 탄생 100주년을 기념하며

부모님

아버지의 탄생 100주년을 기념하며

아버지는 1919년생이시니 금년이 탄생 100주년이 되는 해이다. 기미 3·1운동 100주년과 같다. 아버지의 탄생 100주년을 기념하며 수필집 『아버지의 교훈』을 상재하기로 한다.

아버지는 충남 홍성에서 해주최씨 33세손으로 출생하셨다. 해주가 본관이나 세종조 때 홍주(현 홍성)로 이주한 선조가 있어 그 지역 일대에 우리 해주최씨는 뿌리를 내리게 되었다. 아버지는 일제에 체포되어 태형을 당하시는 등 홍성에서 독립운동을 하셨던 할아버지 때문에 어렵게 사셨다. 그런 관계로 1남 3녀 중 고모들은 모두 초등학교만 졸업하고 아버지만 대학을 다니실 수 있었다. 그것도 그 지역에서 3년 만에 나오는 수재니 5년만에 나오는 수재니 하며 당시 제일 명문이던 제일고보(현 경기중고)에 입학한 관계로 학업을 유지할 수 있었다.

아버지는 내강외유형으로 말없이 실천하는 분이었다. 그리고 한학을 하셨던 할아버지의 영향으로 책임감과 뿌리의식이 강한 분이셨다. 할아버지는 늘 한복을 입으셨고 아버지는 우리 가문의 대표주자, 간판으로 혼자만 고등교육을 받고 법조인이 되셨다.

우리 집안은 한국 근현대사인 일제시대와 8·15 해방과 6·25

전쟁, 4·19 의거, 5·16 군사혁명 등을 거치며 수난과 역경을 극복하고 잡초처럼 살아남았다. 일제시대 독립운동을 하셨던 할아버지와 6·25 전쟁 당시 검사 신분이셨던 아버지 때문에 일본경찰과 북한군의 감시를 받았지만 할머니 때부터 천주교를 믿었던 신앙으로 그 고난을 극복하였는지 모르겠다.

우리 5남매는 아버지가 바람막이로 방패로 우리를 보호하고 조부모님이 감싸주신 덕분에 한국현대사의 격동기를 거치며 별 고생 없이 성장할 수 있었다.

나는 한국 전쟁 후 어려운 여건 속에서도 아버지가 사다주신 중고 야구장갑으로 집 앞에서 동생과 야구공 주고받기를 하며 스포츠에 눈을 뜨게 되었다. 그리고 집안에서 아버지와 베개를 가지고 럭비공 주고받기 연습을 하여 중학입학 후 럭비부에 들어가기도 하였다. 아버지는 당시 학생잡지인 『학원』도 사다주시고 러시아 문호의 문학작품도 사다주셔서 그러한 책들을 읽으며 문학에도 눈을 뜨기 시작하였다. 또한 법조인으로 계시면서도 당시 신문기자이던 수필가 조경희 씨를 비롯하여 서정범 교수, 전숙희 씨 등 문인들에 대한 얘기를 해주시었다. 특히 서정범 교수가 『놓친 열차는 아름답다』는 자신의 수필집을 주었다고 하시며 그 책을 읽어보라고 주셨다. 그러한 것들은 내가 문학에 관심을 갖게 하고 문학적 분위기에 접근하게 하였다. 또한 나는 검도를 하시고 만돌린도 즐기시며 문학을 좋아하시는 아버지를 은연중에 닮아가게 되었다.

내가 글을 쓰며 문학에 접근하게 된 것은 모두 아버지의 영향이고 아버지 덕분이다. 나의 글들은 그러한 시대상황과 그러한 배경 속에서 쓰여 졌다. 나는 시대의 흐름과 사회변화, 사회상을 관찰하며 중시하고 있다. 특히 고령사회와 노인복지, 자연생태와 환경, 모바일과 SNS, 4차 산업혁명에 주목하고 있다. 나의 글감이고 화두라고 할 수 있다.

이 수필집에는 월간 『한국수필』, 계간 『생활문학』, 인터넷 시인신문 『시인 뉴스』 등에 실린 나의 수필이 포함되어 있다. 현재 나의 글들은 자연보다 인간 사회에 편중되어 있다. 자연상보다 사회상을 주로 그려내고 있는 것이다. 나의 문학풍토의 한계라고 할 수 있다. 그러나 지금 나는 농촌에서 농민으로 자연에서 생활하고 있다. 더욱이 세련되고 도시답게 가공되지 않은 야생의 자연을 즐기고 있다. 잠에서 깨어나며 잠들 때까지 야생의 숲에서 생활하면서 잠시 자연은 내 가슴과 머릿속에 묻어두고 있다.

나의 글에는 나의 염원이 담겨있다. 내 글이 독자들로부터 공감을 얻을 수 있으면 좋겠다. 글을 쓰면서 우리사회가 더욱 아름다워지고 행복해지기를 바란다. 내가 철없이 받기만 했던 사랑을 주신 부모님과 조부모님이 저 세상에서 영원한 복락을 누리시기를 빈다. 나의 자녀, 우리의 2세들이 철이 들고 경우를 알고 제몫을 다하며 사회에 조금이라도 기여하기를 기원한다.

2019.10.
청숯골 부모님과 함께 살던 자리에서
서암 최 장 호

차 례

3. 염원과 희망

1. 아버지와 가족

부모님 조부모님과 5남매(1955년)

부모님과 5남매(1960년)_뒷줄 가운데가 작가

아버지의 교훈

아버지를 생각하면 눈시울이 뜨거워진다. 어머니 일찍 돌아가신 후 노년에 암 투병으로 고생 끝에 돌아가셨기 때문이다. 우리 자식들의 효성이 부족하였던 것이 회한으로 남아 있기 때문이기도 하다. 아버지에 대한 추억은 적지 않다. 우리 가족이 한국전쟁으로 피난을 떠나던 유년기 때부터 아버지께서 우리 집에서 돌아가시던 날까지 40여 년간의 크고 작은 일들이 추억으로 남아 있다.

내가 초등학교에 다니던 때는 전쟁 직후여서 의식주 모두가 열악하였다. 물자는 부족하고 먹거리나 볼거리 할 거리가 모두 부족하였다. 우리 세대는 전쟁 직후 초등학교에서 구호물자로 나온 우유덩이를 가마솥에 끓여 나누어주는 우유를 줄서서 타 먹기도 하였다. 양곡도 부족하였지만 반찬거리가 부족하여 무를 쓴맛이 날 정도로 짜게 하여 먹어 이름을 짠지라고 하였다. 꽁보리밥 한 그릇을 김치와 짠지 하나로 먹어치웠다. 그러한 때에 생일날 등 가끔 고기나 생선반찬이 밥상에 오르기만 하면 가족 모두 달려들어 마파람에 게 눈 감추듯 후딱 먹어 치웠다. 그러나 우리 5남매는 달랐다. 아무리 좋은 귀한 반찬이 나와도 잽싸게 달려들어 다투며 먹지 않았다. 우리들은 서로 눈치만 살피며 달려들지 못하고 침만 흘렸다. 지금 생각해 보아도 우리 5남매는 먹는 것 가지고 싸운 적은 별로 없는 듯하다. 그러한 우리들을 보시고 아버지는 경쟁심과 투쟁의식이 없다고 말씀하셨다. 우리의 강하지도 악착같지도 못한 성격을 생각한 때문이었을 것이다.

초등학교 고학년 때인가 어느 날 아버지는 야구글러브를 사다 주셨다. 그 후부터 우리 형제들은 그 글러브를 끼고 집 앞 도로에서 수시로 야구공을 던지고 받았다. 또한 그 무렵 아버지는 베개를 가지고 안방과 건넌방을 오가며 자기 뒤에 있는 사람에게만 패스를 하는 럭비를 가르쳐 주셨다. 앞에 있는 사람에게 패스를 해서는 안 된다는 것이 재미있어 패스를 받으면 빨리 뛰어 패스해 준 사람보다 앞서 달리곤 하였다. 내가 공이라면 야구공, 럭비공 가리지 않고 무슨 공이든 좋아하게 된 것은 바로 어릴 때 야구 캐치볼을 많이 하였기 때문이다. 내가 중학교에 입학하여 영어를 처음 배우며 영어숙제로 i am a boy를 노트에 10번씩 쓴 적이 있다. 수업시간에 숙제검사를 받으며 보니 내가 쓴 소문자 i는 어느새 대문자 I로 고쳐져 있었다. 깜짝 놀라 확인해 보니 아버지가 어느새 고쳐 놓으셨던 것이다.

그리고 책을 읽으란 말씀도 없이 간간이 학생잡지 학원이나 문학서적을 사다 주셨다. 우리는 심심하면 그런 책을 재미있게 읽었다. 특히 「부활」이나 「죄와 벌」 등 톨스토이나 토스토에프스키 같은 러시아 문호의 소설을 읽으며 분량이 많아 지루해 하자 러시아 문호의 장편들은 처음에는 내용이 여러 갈래로 갈라져 혼란스러우나 점차 주제가 모아지고 단순화되어 간다고 한마디 해주셔서 포기하지 않고 완독할 수 있었다.

나는 부모님으로부터 공부하라는 말을 들어본 적이 없다. 더욱이 아버지는 학교에서 몇 등 안에 들어야 한다든가 장학금을 타야 한다던든가 하는 말씀을 하신 적이 없다. 내가 공부를 뛰어나게 잘한 때문이 아니다. 다만 숙제만큼은 어떤 일이 있어도 빼먹지 않았다. 집에서 하는 공부는 그것이 전부였다. 아버지는 오히려 1등만이 좋은 것은 아니라고 하셨다. 남에게 뒤져도 안 되지만 너무 앞서가는 것도 좋은 것은 아니라는 것이었다. 내가 아버지의 말씀을 제일 잘 따른 것은 바로 그 말씀인 듯하다. 내가 이제까지 공부를 썩 잘하거나 어느 사회에서 특별하게 뛰어나지 못한 것은 악착같지 못한 성격 탓도 있지만 아버지의 영향도 없지 않을 것 같다. 오늘날과 같이 1등 상품만이 살아남는 치열한 경쟁시대에는 어울리지 않는 낭만적인 말씀이 될지 모르겠다.

대학재학 중 법대 교학과에서 내게 장학금을 받을 수 있으니 극빈자 증명을 해 오라 하였다. 장학금을 받을 수 있는 성적이 되니 가정형편이 어렵다는 증명서를 동회에서 발급 받아 오라는 것이었다. 아버지께 말씀드렸더니 학자금은 대줄 수 있으니 장학금은 가정형편이 어려운 친구들에게 양보하라고 하셨다. 당시 대학은 시골에서 소 팔아 자식 교육을 시킨다하여 우골탑이라 하였었다. 아버지도 1남 3녀 중 아버지만 대학을 다니시고 고모들은 고등교육을 받지 못하였다. 당시 나는 아버지의 말씀이 이해가 안 되고 서운한 생각까지 들었으나 중년이 넘어선 후에야 아버지의 깊은 뜻을 이해할 수 있게 되었다.

아버지는 법원 서도회에서 여초 김응현 서예가로부터 서예를 배우시며 붓글씨로 「가화만사성」이란 가훈을 써 주셨다. 집안이 화목해야 모든 일이 잘된다는 것이다. 우리나라 가정의 가훈으로 가화만사성이 8,90%를 차지한다는 말이 있을 정도이니 우리나라 사람들이 가정의 화목을 얼마나 중요시하고 있는지를 짐작할 수 있다. 나는 제사 때마다 참례자들인 우리 형제자매와 다음세대들에게 이를 상기시키곤 한다.

우리 가족은 조부모님 때부터 천주교를 믿어왔지만 제사와 차례는 유교식으로 하였다. 천주교식 제례법이 나온 후에는 그에 따라 제사를 지내고 있다. 제사를 할 때면 참례자 중 제일 나이가 어린 다음 세대들에게 우리 집안의 가훈이 무엇인지에 대하여 묻곤 한다. 그리고 한자로 써 보라고 한다.

천주교박해시대에는 천주교도들은 제사를 지내지 않는다 하여 참수를 당하기도 하였다. 그 후 천주교로부터 우리나라의 제사는 우상숭배가 아니라 조상을 섬기는 아름다운 미풍양속으로 인정되고 지금은 천주교 제례법까지 나와 천주교식 제사가 권장되고 있다. 우리는 그에 따라 제사 중 형제자매가족들이 함께 성가를 부르며 아버지가 써 주신 가훈을 되새기고 있다. 그리고 부모님을 추념하며 우애를 다지는 것이다.

조부모님은 아버지를 당신 이상으로 끔찍이 아끼고 사랑하셨다. 손자인 어린 내가 보아도 느낄 수 있을 정도였다. 부모님은 우리 5남매를 자신보다 훨씬 아끼고 사랑하셨다. 혹시 잔치 집 등 어디서 맛있는 음식을 대접받게 되면 부모님은 그것을 싸가지고 집으로 가져와 우리들에게 나누어 주셨다. 내가 간혹 누구에게서 맛있는 것을 받으면 그 자리서 받아먹지 못하고 집으로 가지고 와 동생들과 같이 먹기도 한 것은 은연중에 부모님과 조부모님으로부터 보고 배운 것이었다. 사랑은 내리사랑이란 말은 허튼 말은 아닌 듯하다.

예로부터 엄부자모라 하였지만 아버지는 겉으로는 엄격하시면서 속으로는 한없이 자애로우셨다. 우리 5남매는 어렸을 적에도 회초리로 종아리를 맞아본 적이 없는 듯하다. 부모님의 말씀에 순종만 한 것은 아닌데도 말이다. 큰 소리로 야단을 맞아 본 기억조차 별로 없다. 아버지는 우리들에게 직접적으로 이렇게 하라 저렇게 하라 말씀하시지 않으셨다. 우리가 스스로 깨닫고 배우도록 하셨다. 그리고 넌지시 우리를 유도하셨다. 야구글러브를 사다 주시며 운동을 즐기도록 하여 주시고 문학 책을 사다 주시며 문학에 눈뜨도록 하여 주셨다. 운동을 하라 책을 읽으라는 말 대신 운동기구를 사다 주시고 책을 사다 주신 것이다. 우리가 잘못하면 야단을 치시기보다는 스스로 뉘우치고 다시는 똑같은 잘못을 하지 않도록 하시었다. 우리 5남매의 성격이 경쟁을 피하고 강하지 못한 것을 파악하시고 경쟁심이나 투쟁의식을 갖도록 하시었다. 그러면서 우리의 힘든 삶을 염려하여 1등에 집착하거나 너무 앞서가지 말라고 하시며 남의 시기나 질투의 대상이 되지 않도록 배려하셨다. 일찍이 모난 돌이 정 맞는다는 것을 깨우치도록 하신 것 아닌가 한다.

내가 남보다 뛰어나지는 못하나 내 나름 내 몫을 하고 조금이나마 남의 몫까지 부담하며 남을 도와 줄 수 있게 된 것은 아버지의 보이지 않는 가르침과 교훈에 힘입은 것이다. 아버지는 보이지 않는 교훈으로 우리를 교육하셨던 것이다.

나는 한 평생을 살아오면서 아버지의 교훈을 무의식적으로 내 인생의 좌우명으로 삼아 왔다. 내 자식들은 어떠한 교훈이나 좌우명으로 이 험난한 인생길을 헤쳐 나아갈지 걱정이 된다. 아버지의 교훈을 생각하니 두 눈에서 그리움 가득한 뜨거운 눈물이 두 줄기 흐르는 것이 느껴진다.

아버지의 가족 우선

살다보면 문득 문득 떠오르는 보고픈 얼굴이 있다. 바쁜 일상 속에서도 불현듯 떠오르는 과거속의 한 장면이 있다. 그 중에는 이미 고인이 된 가족의 얼굴도 있고 고인이 관여된 장면도 있다.

한 30여 년 전으로 기억된다. 5남매의 장남인 나는 성묘를 위해 아버지를 모시고 서울에서 선산이 있는 홍성을 향해 달리고 있었다. 경부고속도로를 이용하여 천안으로 빠져나오면서부터 눈발이 날리기 시작하였다. 대수롭지 않게 생각하고 여느 때처럼 국도를 달렸다. 눈발은 점점 굵어지더니 사방천지가 금방 눈으로 뒤덮였다. 출발 전에는 전혀 예상하지 못한 것이었다. 온양을 지나 예산에 이르니 도로 왕복차선의 중앙선이 전혀 보이지 않고 달리는 차도 간간이 미끄러졌다. 남은 거리는 불과 몇 킬로미터 되지 않았지만 홍성에 진입한 후에는 선산까지 일부 비포장도로로도 달려야 했다. 갑자기 겁이 덜컥 났다. 잠시 고민이 되었으나 목적지까지의 거리가 얼마 남지 않아 그대로 강행하고자 하였다. 그 때 뒷좌석에 앉아계시던 아버지께서 갑자기 그대로 돌아가자고 하셨다. 한동안 아무 말씀 없으시더니 가로수 나무 곁을 지날 때 서울로 돌아가자고 하시던 모습이 눈에 선하다. 이 생각 저 생각으로 고민하시다가 용단을 내리신 것으로 생각되었다. 남은 거리는 얼마 안 되지만 돌아가는 것이 더 안전하다는 것이었다. 평소 자주 다니는 성묘도 아니고 모처럼 가족들이 날짜를 맞춰 성묫길에 나선 것이지만 목적지를 눈앞에 두고 길을 돌려야 했다. 목적을 달성하는 것보다 가족의 안전을 먼저 생각하신 것이다. 만일 그대로 차를 달렸다면 어떠하였을까를 생각해 본다. 지금은 널찍한 직선도로가 대부분이고 도로 사정이 아주 좋아졌지만 그 당시만 해도 그 쪽 도로는 도로 폭이 좁고 도로는 보수가 잘 안 되어 간간이 파이기도 하고 눈이 안 와도 위험한 구간이 여럿 있었다. 당시 나는 어렵게 만든 기회인데 목적 달성을 눈앞에 두고 포기하고 그대로 돌아가는 것이 바람직한 것인가에 대해 불만이나 원망 비슷한 것이 있었다. 그러나 지금은 아버지의 가족 안전을 최우선으로 생각하시는 마음을 읽어내고 있는 것이다.

그 때의 성묫길과 관련하여 또 하나 잊혀 지지 않는 장면이 있다. 성묘 가던 길을 돌려 돌아오면서 고속도로 휴게소에서 준비해 간 음식을 먹게 되었다. 우리는 성묘음식과 아이들이 좋아하는 닭튀김 등 간식거리를 음식점 식당에 펼쳐놓고 먹게 되었다. 그날따라 눈이 많이 와서 그러한지 음식점은 많은 사람들로 법석거렸다. 아버지와 어른들은 식당 벽면 쪽에 아이들은 통로 쪽에 자리 잡았다. 아이들은 싸온 음식 외에 음식점에서 이것저것 사 먹기도 하고 여기 저기 돌아다니기도 하였다. 그 때 집사람이 옆자리를 쳐다보며 "그것은 우리가 집에서 해온 것인데"하는 소리가 들렸다. 무슨 소리인가 하여 고개를 돌려 보았다. 그 때 옆자리에 앉아있던 사람이 아! 죄송합니다! 하는 것이었다. 닭다리를 들고 무척이나 당황하는 표정이었다. 무슨 일인가 하였더니 집에서 아이들 간식거리로 닭튀김을 해 와 식탁 위에 펼쳐놓았더니 옆 자리에 앉은 사람들이 그것을 먹어 버렸다는 것이었다. 옆 자리의 일행은 자기 일행이 싸온 음식으로 생각하고 무심코 우리 음식을 먹어버린 것이다. 집사람 말로는 아이들 간식거리로 전날 밤 늦도록 적지 아니 닭튀김을 해 온 것인데 우리 일행이 여러 음식 펼쳐놓고 왔다 갔다 하는 사이 옆 자리의 사람들이 그것을 다 먹어 버렸다는 것이다. 여자들은 어처구니없다는 표정이고 아버지는 슬그머니 웃음기를 비추셨다. 황당하기는 하나 우습기도 하고 재미있는 일이었다. 아직까지도 가끔 바람 스치듯 아버지의 성묫길 귀가와 관련하여 재미있고 우스운 장면으로 떠오르고 있다.

또 한 장면은 경부고속도로 상에서 있었던 일이다. 낮 뜨거운 일이어서 지금도 그때를 생각하면 얼굴이 뜨거워진다. 우리 가족들이 아버지를 모시고 자가용 차로 고향을 다녀오던 길이었다. 우리가 이용하는 국산 자가용 차는 차령이 오래 된 탓인지 가끔 고장을 일으키곤 하였다. 그러나 한동안 아무 문제가 없어 신나게 고속도로를 달려 신갈 버스 정거장 근처쯤 왔을 때였다. 잘 달리던 승용차가 갑자기 시동이 꺼졌다. 억지로 갓길로 차를 빼 놓았다. 당시에는 지금처럼 고속도로 상의 렉카가 고장이나 사고가 있는 즉시 달려오지 않았다. 바쁜 일이 있는 가족 일부는 빨리 서울로 가지 못해 안달하였다. 그러나 위험한 고비 넘겼다고 가슴을 쓸어내리며 서울로 올라갈 걱정만 하고 발만 동동 구를 따름이었다. 달리는 서울행 버스 등의 차량을 세워 태워 달라 사정해 볼 수는 있다고 생각하였으나 감히 그렇게 할 용기가 나지 않았다. 더욱이 사람들이 보는 앞에서 차를 세우고 차 태워 달라고 말한다는 것 자체가 부끄러웠다. 시쳇말로 쪽 팔리는 일이었다. 주저주저하고 있는데 그것을 눈치 채셨는지 연로한 아버지가 차도 앞으로 나가시며 손을 들어 차를 세우려 하셨다. 무척이나 위험해 보여 창피하지만 나도 뒤따라 나갔다. 노인이 고속도로에서 손을 들고 차를 세우려하니 차 속의 승객들이 무슨 일인가 하여 차창 밖으로 우리를 내다보는 것이 보였다. 더욱 창피하였다. 나는 아버지 뒤에 숨어 인도로 들어가지도 못하고 앞에 나서지도 못하고 엉거주춤하였으나 아버지는 창피를 무릅쓰고 계속 손을 들어 차를 세워 달라는 신호를 보내시었다. 여러 차례 시도 끝에 어느 버스기사가 차를 세워주었다. 아버지는 버스 운전자에게 차가 고장이 나서 그러하니 서울에

볼일이 있는 사람을 버스에 태워 달라하였다. 버스 값을 지불한다고도 하였다. 우리 가족들은 아버지 덕에 그 버스를 타고 서울로 올라올 수 있었다. 나는 명색이 대학교수로서 창피한 일이라고 생각, 남이 볼까봐 숨으려고 하였지만 아버지는 고급 법조 공무원 출신으로 변호사였지만 가족을 위하여 창피와 위험을 무릅쓰고 고속도로에 나가셨던 것이다. 그리고 달리는 차에 이리저리 손을 흔들고 운전자에게 사정을 하며 가족들을 고생 없이 귀가토록 하셨던 것이다. 내가 하여야 할 일을 하지 못하니까 아무 말씀 안 하시고 아버지가 먼저 나서신 것이었다. 가족에 대한 책임이 무엇인지, 가장의 역할이 무엇인지를 새롭게 의식하게 되었다. 그 당시 아버지가 우리를 위하여 애쓰시던 모습이 동영상처럼 지나간다. 그 때의 장면들이 떠오르면 내가 좋아하는 서부영화에서 보았던 장면들이 오버랩 된다. 치마 입은 여자 혼자 외딴 농장의 통나무집에서 어린 자녀들을 지키기 위하여 수많은 악당들의 습격에 맞서 장총을 들고 창밖으로 총질을 하며 싸우는 비장한 모습이다.

철이 들면서 모든 영광과 명예는 자식에게 모든 위험과 수모는 자신이 짊어지려 하셨던 부모의 마음이 가슴을 적신다. 어쩌다 문득 그때의 장면들이 떠오르면 왜 당시 내가 앞에 나서지 못하였을까 하는 자성과 후회가 뒤따른다. 가족보다 내 개인의 창피를 먼저 생각하였던 내가 부끄럽고 미워진다. 그 때의 실수는 평생 잊혀 지지 않고 나를 일깨운다.

당신 개인보다 가족을 우선 하시고 가족에 헌신하셨던 영원히
지워지지 않는 아버지의 잔상이다.

부모님과 지하방

실제든 영상이든 지하방을 보면 부모님 생각이 난다. 단독주택 지하방과 관련된 부모님의 추억 때문이다. 나는 5남매의 장남으로 결혼 후 아파트에서 살았다. 다른 동생들도 마찬가지였다. 부모님께서는 자식들이 모두 떨어져 나가니 허전하셨던지 5남매 가족들이 모두 모이는 것을 좋아하셨다. 그리고 그것을 원하셨다. 그리하여 나는 장남으로 많은 가족들이 마음 놓고 놀 수 있는 단독주택에서 부모님을 모시고 3대가 같이 살게 되었다. 1층은 부모님이, 2층은 우리 내외와 아이들이 살았다.

부모님은 우리들 3남 2녀가 휴일이면 각자의 아이들과 우리 집에 모여 놀고 먹고 공동생활하기를 바라셨다. 그리고 손주들이 집안과 마당에서 부산스럽게 뛰어다니며 왁자지껄 떠들고 노는 것을 보고 즐기셨다.

그것을 아는 동생들은 수시로 아이들을 데리고 우리 집에 와서 놀았다. 마당은 비교적 널찍하여 아이들이 뛰어놀기 좋았다. 마당 한 옆에는 분수가 있는 연못이 있었다. 돌로 둘러싸인 연못은 돌 틈으로 영산홍이 만발하고 사철나무가 둘러싸고 있어 보기 좋았다. 그러나 아이들이 놀 때는 돌과 물이 있어 위험하기도 하였다. 부모님은 마당을 장식하였던 연못을 없애 버리도록 하셨다. 마당은 더욱 넓어지고 아이들은 더욱 신나게 뛰어놀았다.

아이들은 예나 지금이나 다락방을 좋아한다. 다락방에 숨기도 하고 다락방에서 놀기도 하고 다락방을 오르내리는 것도 재미있어 한다. 우리 집은 콘크리트 슬라브 구조로 다락방을 만들 수가 없었다. 부모님은 할 수 없어 지하에 다락방을 만들기로 하셨다. 건물 지하를 파내고 그곳에 방을 만들었다. 지하방은 1층 마루 옆에서 나선형 계단을 통하여 내려갈 수 있었다. 지하방이지만 다락방과 같은 느낌을 주었고 나선형 계단을 통하여 오르내리는 것도 재미있었다. 아이들은 마루에서 지하방을 오르내리며 재미있게 놀았다.

지하방은 여름에는 시원하고 겨울에는 춥지 않았다. 어른들도 지하방을 이용할 만하였다. 더운 여름에는 지하방으로 피서 가서 청량감 있는 방바닥에 등을 대고 낮잠을 즐기기도 하였다. 또한 지하방 둘레에는 선반을 만들어 집안 대대로 내려오는 고서적이나 족보, 고물, 골동품, 병풍은 물론 음반, 앨범까지 두었다. 마치 박물관의 수장고 같은 느낌이 들었다. 집사람은 고물을 취급하는 황학동이라 하였다.

세월은 흘러 아이들은 콩나물처럼 쑥쑥 자라고 부모님은 모두 하늘나라로 떠나 가셨다. 지하방은 방을 만드신 부모님도 안 계시고 방을 오르내리던 아이들도 모두 성장하여 이용하지 않게 되니 휑하고 정적만 감돌았다. 그 후 허전한 지하방을 바라볼 때면 지하방을 만드신 부모님이 생각났다. 지하방은 나에게 부모님과 아이들을 추억할 수 있는 추억의 장소가 되었다.

내가 미국대학에 1년 객원교수로 초청을 받아 가족을 동반하게 되고 집을 비우게 되어 빈 집을 지인에게 빌려주기로 하였다. 2층과 지하방은 자물쇠로 잠그고 1층만 사용하도록 하였다. 미국에 있는 동안 이국생활 적응하기에 경황이 없어 우리 집에 들어와 사는 지인과 자주 연락도 하지 못하고 귀국하였다. 귀국 후 먼저 지하방부터 살펴보았다. 놀랍게도 지하방은 엉망이 되어 있었다. 방으로 물이 흘러내려 고서적은 물론 병풍과 앨범, 골동품 등이 모두 물어 젖어 누렇게 얼룩이 져 있었다. 내가 집안의 7대장손인 관계로 조부모 이전 대에서부터 조상 대대로 보존되어 온 고문서나 가문의 고물도 그러하였다.

집에서 살았던 지인에게 어찌된 일인지 물어 보았다. 그간 배관에 문제가 있었는데 그 때 물이 스며든 것 같다고 하였다. 우리는 그렇다면 즉시 우리에게 왜 연락을 하지 않았느냐고 한마디 하였다. 이미 돌이킬 수 없는 일이어서 어쩔 도리가 없었다. 졸업앨범과 사진은 짝 달라붙어 떼어내도 찢어지거나 벗겨져 쓸모가 없었다. 하는 수 없이 버릴 수밖에 없었다. 나의 지난 시절을 버리는 것 같고 과거를 잘라내는 듯하였다. 부모님과 형제자매와 생이별하는 듯도 하였다. 돈을 버리는 것보다 훨씬 아깝고 마음이 아팠다. 더욱 마음 아프고 애석한 것은 고서적과 병풍 등 부모님의 유품이 엉망이 돼 버린 것이었다. 특히 병풍은 아버지가 먹을 갈아 붓으로 친히 써서 만드신 것이어서 더욱 그러하였다. 제사를 지낼 때면 그 병풍을 두르고 그 앞에 제사상을 차리곤 하였던 것이 어서 아쉽기도 하였다.

지금도 지하방을 보면 부모님과 물에 젖은 유품이 생각난다. 그리고 지하방관리를 잘못한 과거가 되살아나 부모님과 선조께 죄송한 마음 지울 수 없고 마음이 아려진다.

어머니의 바위

내가 어릴 적 어머니는 우리 형제자매의 바위였다. 또한 우리 5남매는 어머니의 콩나물이었다. 어머니는 항상 거대한 바위처럼 변함없고 의연하시며 평온하고 미더우시었다. 그런 탓인지 나는 지금도 바위를 보면 어머니를 대하는 듯하고 아련한 향수를 느낀다.

한국전쟁의 상흔이 짙게 남아있고 국민 모두가 어렵고 굶주렸던 시절, 나는 충남 예산 어느 산자락 아래 외진 곳에서 자랐다. 그곳 피난지에서 입학한 초등학교에서 돌아오면 숙제를 서둘러 끝내고 밖으로 나갔다. 문밖을 나서면 바로 산과 밭을 마주했다. 마땅히 놀 것이 없어 종종 뒷동산 바위에 걸터앉아 혼자 놀았다. 산 비탈길 옆에 있는 바위는 크고 널찍하여 걸터앉기 좋았다. 그 위에서 콧노래를 흥얼거리거나 진달래꽃잎이나 아카시아 꽃잎을 가지고 놀기도 하고 그것을 따 먹기도 하였다. 때론 산 아래 동네를 굽어보며 칡뿌리를 씹어 먹기도 하고 가을이면 산밤을 주어 까먹기도 하였다. 바위는 늘 내 곁에 있었고 따뜻

하게 맞아주었고 나를 감싸주었다.

어머니는 조부모님과 우리 여러 형제자매를 위한 살림을 꾸려나가시기에 항시 바쁘셨다. 어머니의 손이 놀고 있는 것을 본 적이 없는 듯하다. 방안에서는 사철 떡 시루에 콩나물을 키웠다. 우리가족들은 수시로 시루에 있는 콩나물머리에 물을 부어주었다. 물을 줄 때마다 콩나물은 쑥쑥 자라는 듯하였다. 우리는 콩나물 국 한 사발과 김치 한 접시만 있으면 밥 한 그릇을 후딱 비웠다.

어머니는 우리를 키우시듯 콩나물을 키우셨다. 우리가 콩나물 자라 듯 쑥쑥 자란다고 하시며 옷 걱정도 많이 하셨다. 당시 어머니는 동생들 차지여서 맏아들인 나는 어머니와 같이 지내기보다는 어머니를 대신하여 바위와 함께 놀았다. 바위는 나의 어머니였다.

어느 날 나는 나의 바위에 어머니가 계신 것을 보았다. 뜻밖이고 반가워 달려가려다 물끄러미 먼 산을 보고 계시는 어머니 표정이 밝지 않다는 것을 알았다. 그 후에도 가끔 어머니가 시름 가득한 얼굴로 바위에 계신 것을 보았다. 나의 바위에서 어머니가 조부모님과의 관계나 집안의 어려움이 있을 때 홀로 바위에서 마음을 달래셨다는 것을 50여 년이 흐른 후에 깨닫게 되었다. 조부모님은 가진 것 없어도 체면과 격식을 중시하는 유교풍의 충청도 양반이셨다. 좁은 단칸방에서 시부모님을 모시고 고

만고만한 여러 자식들을 키우느라 고충이 어떠하셨을까하는 것은 반세기가 지난 후에야 생각하게 되었다. 나는 어머니가 힘들다거나 어렵다고 말씀하시거나 남을 원망하시는 것을 본 적이 없다. 또한 남을 비난하시거나 불평하시는 것도 본 적이 없다. 모든 고충을 홀로 삭이시며 홀로 치유하셨다. 어머니는 고충이 있을 때마다 바위에 와서 위안을 얻고 어떠한 어려움도 바위처럼 변함없이 의연하게 견뎌 내시었던 것이다. 바위는 어머니의 위안처였고 나의 바위는 어머니의 바위이기도 하였다.

피난 당시 우리 형제자매는 어머니의 희망이고 미래였다. 어머니는 우리가 성장하는 것을 보시면서 희망을 갖고 기대를 하며 온갖 시련을 극복하시었던 것이다.

우리 가족이 서울로 돌아오게 되어 나는 서울의 초등학교를 다니게 되었다. 당시 아버지가 공무원으로 대전에서 근무하시어 가끔 어머니와 그곳을 방문하였다. 돌아올 때는 아버지 고향 지인들이 집에서 농사지은 감자, 고구마, 참기름, 들기름, 쌀 등을 갖다 주었다. 어머니와 나는 그것들을 보따리에 싸갖고 대전역에서 기차를 타고 서울역에서 내렸다. 내릴 때쯤이면 잠시 졸던 졸음을 깨워야 했다. 눈을 비비며 눈을 떠도 기차에서 내리기 싫었다. 그리고 어머니가 나가자고 하시면 걷기 싫어 칭얼거리기도 하였다. 서울역을 나오면 택시가 줄지어 대기하고 있었다. 나는 편하고 싶기도 하고 구질구질한 농산품 보따리를 갖고 다니는 것이 창피하게 생각되어 택시를 타고 싶었다. 그러나 어머니는 택시 대신 버스를 타자고 하셨다. 서울역에서 우리가 사는 돈암동까지는 거리가 멀어 택시요금이 많이 나왔기 때문이다. 나는 툴툴거리며 들고 있던 보따리를 내팽개쳤다. 어머니는 야단을 치시지 않고 병 깨진다 하시며 그 보따리마저 집어 들고 버스에 오르셨다. 심술은 부렸지만 보따리 속의 기름병이 깨졌으면 어쩌나 하는 생각에 겁도 나고 어머니에게 미안한 마음도 들어 나는 어머니를 따라 버스에 오르기도 하였다.

예산 피난생활을 끝내고 다시 서울생활을 하게 되었지만 아버지의 지방 근무와 조부모님을 모시고 5남매를 건사하시는 관계로 어머니의 고충은 여전하였다. 어머니가 마음 상할 때 찾던 바위는 다시 찾을 수 없게 되었지만 아무리 어려워도 바위처럼 변함없고 꿋꿋하게 생활하셨다. 어머니의 바위는 어머니에게 말 없이 자신을 다스리고 의연하게 중심을 잡도록 하여 주었던 것이다.

어머니는 바위에서 교훈을 얻고 어머니는 바위를 닮으셨다. 나는 자라면서 은연중에 어머니의 행태를 배우고 바위를 닮은 어머니를 닮아 가는 듯하다.

옛것을 찾아서

- 창경궁과 북촌기행 -

과거에는 그리움이 있다. 향수가 있다. 그래서 옛 것과 뿌리를 찾는지도 모르겠다.

음력 1월 1일, 서울은 아침부터 찌푸렸다.

신정에 차례를 지낸 나는 느긋하게 아점을 하고 집사람과 막내딸을 구슬려 옛 것을 찾아 창경궁과 북촌 구경에 나섰다. 강남의 거리는 텅 비어 있었지만 강북 창경궁에서 창덕궁에 이르는 거리는 붐볐다. 차도는 차량으로, 인도는 행인들로 꽉 차 있었다. 행인들 중에는 외국인도 적지 않았다. 대부분이 창덕궁에 들어가려는 인파였다. 구정이라고 하여 고궁을 무료 개방하는 것도 이곳이 붐비는 이유의 하나가 될 듯하였다.

돈화문은 옛 모습 그대로였다. 수십 년의 세월이 흘렀지만 내가 중고등학교를 다니며 등하교 길에서 늘 보았던 낯익은 모습은 여전하였다. 나는 옛 것에 대한 향수를 느끼며 창덕궁 돈화문에 들어섰다. 창덕궁은 비원 즉 비밀의 정원이라고 불리 울

정도로 잘 정돈된 아름다운 궁궐이었다.

　우리는 창덕궁을 휘둘러보고 창덕궁 언덕길을 내려와 창경궁으로 연결된 도로를 따라 그곳으로 넘어갔다. 창경궁은 내가 어렸을 적에는 창경원으로 불렀었다. 창경원에는 동물원도 있어 초등학교 다닐 때에는 소풍도 다녔던 곳이다. 우리 성북동 집과는 버스 서너 정거장 거리였지만 40여 년 만에 와 보는 것 같았다. 감개가 무량하였다. 나는 서둘러 그곳 연못, 춘당지부터 찾았다. 춘당지는 내가 중학시절 보았던 것과는 달리 연못 한가운데 소나무가 있는 동산이 만들어져 있었다. 나는 이곳에서 내가 중학교에 진학하던 해 겨울, 어머니로부터 스케이트를 배웠다. 꽁꽁 언 이 연못 위에서 어머니는 나의 두 손을 잡아주시며 스케이트 칼날 위에 서서 앞으로 지쳐나가는 스케이트 걸음마부터 가르쳐주셨다. 그 때를 생각하니 환갑 연세에 일찍 돌아가신 어머니의 손 체온이 느껴지는 듯하였다.

　나의 중학 입학선물로 부모님이 사주신 스케이트는 구두가 너무나 컸다. 스케이트 화 뒤꿈치에 솜을 넣고 스케이트를 배우던 첫째 날 발뒤꿈치가 홀렁 베껴졌었다. 집에 돌아와 상처부위를 머큐롬으로 소독하고 흰색 다이아징 연고를 바르고 두껍게 거즈를 대었다. 그리고 또 다음날 어머니와 함께 춘당지에 가서 스케이트를 탔었다. 지금 같으면 발뒤꿈치 상처가 아물 때까지 기다렸다가 완쾌 후 다시 시작했을 것이다. 그 때를 추억하며 스케이트 타던 코스 주변을 걸어보았다. 2월 중순이지만 날이 포근하여 춘당지는 얼지 않고 물위에는 나무 그림자가 비쳤다. 내가 어릴 적에는 2월이면 춘당지는 물론 방안에 둔 자리끼까지 꽁꽁 얼고 문고리에 손이 쩍쩍 달라붙곤 하였었다. 불현듯 하루 종일 내가 스케이트 타는 모습을 지켜보시며 발을 동동 구르시던 어머니의 모습이 떠올랐다. 날이 너무 추워 장갑 끼신 손을 비벼대시기까지 하셨다. 당시 연못 주변에 부는 칼바람은 너무도 매서워 힘주어 스케이트를 타도 눈물이 나곤 하였었다. 어머니를 생각하니 갑자기 눈시울이 뜨거워졌다. 어머니 돌아가시고 30여 년이 흐른 지금에서야 그것을 깨달았다. 나이 칠십 줄을 바라보며 철이 든 것이다. 갑자기 나 자신이 미워지고 어이가 없었다. 나는 내 자식에게 어머니처럼 그리하지 못하였다. 슬그머니 곁에 있는 딸에게 미안한 생각이 들었다. 어머니는 어떻게 그리 하셨을까 하는 생각을 한동안 지울 수 없었다. 내가 어머니를 추모하는 것이라고는 고작 어머니께서 일제시대 여고 스케이트선수로 경기대회에서 수상하신 메달을 몇 개 소중하게 간직하는 정도로 생각되었다.

춘당지 위쪽으로는 그 당시 보았던 유리온실이 그 모습 그대로 남아있었다. 안내판을 보니 1909년에 완공하여 식물원으로 공개한 것으로 되어있었다. 식물원 내부로 들어가니 국내외 다양한 식물과 분재들이 전시되고 있었다. 그 중에는 흰 매화와 붉은 동백 그리고 노란 가지복수초 꽃이 추운 겨울에도 고결하게 피어 있었다.

우리 세 가족은 서울대병원 앞 창경궁 정문을 나와 궁의 고풍스런 담장을 끼고 다시 창덕궁 쪽으로 걸었다. 몇 번인가 그 길을 걸어 다녔던 중, 고교시절이 그리워졌다. 집사람도 또한 그러하였다고 하며 공감을 표시하였다. 우리는 앞서 입장하였던 창덕궁 담장을 따라 원서동 길을 걷다가 왼쪽 가회동 길로 접어들었다. 고색창연한 한옥집들이 저녁 분위기와 어울려 평화롭고 정감 있게 느껴졌다. 우리는 예스런 주변 분위기를 즐기며 우리의 원래 본적지 주소를 찾아보았다. 가회동 1번지까지는 쉽게 찾았지만 우리의 원래 본적지는 보이지 않았다. 북촌을 관광하는 외국인들 틈에 끼여 돌아다니다 뜻밖에 대로변에서 딸이 찾아내었다. 가회동 큰 오르막길 모퉁이 작은 집이었다. 아담하고 정감 있게 느껴지는 한옥이었다. 처음 보는 집이지만 남의 집 같지 않다.

이 집은 조부님이 아버지가 화동 제일고보에 입학한 후 충남 홍성에서 이사하셨던 집이었다. 말하자면 이 집은 우리 가문의 지방시대를 마감하고 서울시대를 열게 한 바로 그 집이었다. 나는 학교를 다니면서 호적등본을 제출할 때마다 본적지로 표시된 이 주소지가 궁금하였고 어디 있는 집인지 알고 싶었다. 우리는 선대의 서울 유학시절을 생각하며 집 주변을 이리저리 돌아다녀 보았다. 그리고 이 집에 대한 애정을 느끼며 다시 매입하면 좋겠다는데 일치를 보았다.

날이 어두워질 무렵 우리는 그 본적지를 지나 세종조 청백리 맹사성 집터를 찾았다. 그는 세종 때 좌의정을 지내고 이조 최고의 재상으로 평가되는 인물이 아닌가! 그는 검은 소를 타고 다닌 것으로도 유명하지 않은가!

그가 10세 이후 어린 시절을 보낸 고향은 충남 온양이었다. 온양 맹사성 고택은 홍성 출신 최영 장군이 친분이 두터운 맹사성 조부에게 물려주었던 집이라 한다. 맹사성은 고려의 충절 최영 장군의 손녀사위가 되고도 인품과 재주가 뛰어나 이조에 발탁되었다.

우리는 수시로 홍성을 오가며 가끔 최영의 생가와 맹사성의 온양 고택 앞을 지나곤 하였었다. 「북촌 최고의 전망대 맹사성 고택」이란 도로표지판을 따라 올라가니 맹사성고택이란 표지석이 나왔다. 그 앞을 지나 조금 더 오르니 「고불맹사성 집터」라는 입간판이 나타났다. 찻집이었다. 찻집 내부는 벽면 가득히 다기들이 진열되어 있었다. 우리는 뽕잎 차와 매실 요구르트를 마시며 거실 문밖으로 나가 사방을 둘러보았다. 사방이 발아래 내려다 보였다. 이 집은 인근에서 제일 높은 집이라고 표시되어 있었다. 종업원에 물으니 집은 행정구역상 삼청동에 속한다고 하였다.

나는 왠지 집사람과 딸에게 미안한 생각이 들어 맛있는 저녁을 먹자고 하였다. 그러나 구정일이어서 영업을 하는 음식점이 쉽게 눈에 띄지 않았다. 삼청동 골목길을 내려오며 집사람과 딸이 영업 중인 오리엔탈 스푼이란 음식점을 찾아내었다. 아시아 여러 나라의 음식을 제공하는 체인점이었다. 우리는 태국과 중국 음식 세 접시를 가운데 놓고 정겹게 나누어 먹었다.

　귀갓길, 셋이 지하철 좌석에 나란히 앉아 우리 가족사의 3세대를 돌아보며 옛것을 그리워하였다.

누이동생

　여동생 둘이 짐이 무거워 들 수 없을 정도로 많은 양의 장을 봐 가지고 내가 사는 집에 왔다. 탐스럽게 활짝 피고 꽃망울까지 맺혀 있는 양란 화분까지 끙끙거리며 들고 왔다. 모두 7순을 바라보는 나이다. 큰 여동생은 손가락 수술을 하고 둘째 여동생은 현기증세가 있는데도 말이다. 내가 전날 무심코 하루 세 끼를 씨리얼만 먹었다고 하자 큰오빠 몸 상한다고 위로 방문한 것이다. 근래 집사람이 만성질환으로 병원출입을 자주하며 아이들을 돌보느라 내가 혼자 따로 생활하고 있다는 것을 알기 때문이다.

　농촌에 내려와 살며 힘든 농사일을 한다고, 더욱이 유기농한다고 혼자 애쓰다 보니 실속도 없이 전혀 예상치 못한 병을 앓게 되었다. 수년 전에는 심한 대상포진에 걸려 석 달 남짓 병원 다니며 큰 고생하였었다. 또한 낫질이니 비료부대 옮기는 작업 등으로 손가락 방아쇠병에 걸려 손가락이 펴지지 않아 병원치료를 받으며 애를 먹었었다. 이를 잘 알고 있는 동생들이 농사일에 무리하지 말라고 성화들 대며 안쓰러워하는 것이다. 그리고 이것저것 챙겨주는 것이다. 우리 집에 와서는 내가 먹을 반찬을 만들고 설거지까지 하고 주방을 깔끔하게 정리해 주곤 한다. 더욱이 싱크대의 오물통까지 비우고 쓰레기는 서울 자기 집에 갖고 가서 버린다고 쓸어 담는다. 이렇게 깔끔하게 한 세트로 부엌을 총정리 하는 여동생들이 이 세상에 또 있을까 하는 생각이 든다. 여동생들은 우리 집의 마루도 닦고 쓰레기도 치우고 오찬을 준비하면서 집에서는 도우미 아줌마 시키고 밖에 나와 무슨 짓 하는 것이냐고 깔깔대며 웃는다. 남편에게는 혼자서 밥 차려 먹으라고 하고 나왔다고 한다. 오빠한테 반찬거리 사 갖고 가서 반찬 좀 만들어 주고 오겠다고 하면 좋아할 남편이 몇이나 될까? 매제들도 참으로 착한 사람들이다.

점심을 같이 하면서 김치는 물에 잠겨있는 속의 것을 먹고 공기를 접하면 곰팡이 끼고 변질되니까 김치를 눌러 두라고 일러주기도 한다. 멸치볶음은 냉장고에 두지 말고 상온에 두어야 딱딱하지 않고 잘 떨어진다고 알려준다. 점심을 같이 먹으며 펼치는 늙다리들의 수다도 만만치 않다. 해도 해도 끝이 없는 수다는 집에 가서 남편 저녁상 차려주어야 한다고 일어서는 여동생들 때문에 끝이 난다.

어릴 적 나는 여동생들을 무척이나 예뻐하였다. 할아버지께서는 여동생들을 예뻐하셔서 당신 무릎에 앉혀 놓으시고 갈래 머리를 따주셨지만 나는 여동생들을 업어주기도 하고 코티분통이

나 단추 등을 가지고 같이 놀기도 하였다. 또한 가끔은 여동생들과 고무줄놀이도 같이 하였다. 둘째 여동생의 여고시절 기타를 갖고 싶다고 하여 오빠로서 여동생을 데리고 종로 악기거리로 나갔다. 기타를 한 번도 만져 보지 못한 나는 상점 주인 앞에서 기타 줄을 만지는 것이 부끄러워 기타줄 한번 튕겨보지도 못하고 기타를 사가지고 왔다. 나중에 알고 보니 그 기타는 초보자는 할 수 없는 특수한 재즈기타였다. 지금도 그 생각을 하면 창피하고 얼굴이 붉어진다. 여동생들은 어린 시절 오빠가 자기를 예뻐하고 보살펴준 것을 기억하고 있는 것일까? 지금은 여동생들이 나를 보살펴주고 신경써준다.

나이 70에 지난 삶을 돌이켜보니 제일 행복했던 때가 초중고 다닐 때였던 듯하다. 생활은 넉넉하지 못해도 5남매가 서로 뒤엉켜 서로 다투기도 하고 보듬기도 하면서 재밌고 즐겁게 지냈다. 6.25전쟁 직후 가난하고 어려웠던 시절 여동생은 영양실조로 얼굴에 마른버짐을 달고 살았다. 그래도 얼굴 윤곽이 뚜렷하여 오드리 햅번으로 불리었다. 물자도 부족하고 살림도 어려워 못 먹고 못살았지만 누이동생 예뻐하며 서로 아껴 주고 챙겨주며 모두 즐겁고 행복하였다. 그 후 성인이 되고 점점 경제적으로 윤택해지며 아쉬울 것 없게 되었지만 인정은 점점 멀어지고 어린 시절 만큼 행복하지는 못한 듯하다. 한 세기를 살고 있는 노 철학자 김형석 박사는 인생의 황금기는 60세에서 75세 사이라고 한다. 인생의 황금기를 살면서 어릴 적을 추억하며 몸이 부실하여 여동생의 보살핌을 받는다는 것이 부끄럽게 생각된다.

돌이켜보니 내가 대상포진을 앓을 때에는 여동생들은 면역력이 떨어져 생긴 병이라며 꿀에 계피가루를 타서 마시라고 꿀과 계피가루를 갖고 왔었다. 노년에 혈압이 높다고 채식과 항균주스를 갈아 마시라며 당근, 양배추, 브로콜리 등을 섞어 만든 야채주스용 비닐봉투를 수십 개 만들어 갖고 오기도 했다. 또한 신선한 야채 주스를 매일 만들어 마시라며 야채주스제조용 믹서기까지 사 갖고 왔다. 그래도 안됐다고 생각하였는지 영계백숙을 비닐 팩에 포장하여 대여섯 개씩이나 만들어 와 매일 그것을 먹느라고 지겨워하기도 했다. 행복한 지겨움이다. 어디 그것뿐이었는가. 언젠가는 내 바지를 5장 그리고 티셔츠를 5장 등 내 옷을 한 보따리 사갖고 왔다. 내 바지가 통이 너무 넓어 유행에 뒤떨어지고 티셔츠도 너무 낡아 새 것을 사왔다는 것이다. 나는 은근히 부끄럽고 누이동생들 앞에서 최신 유행 옷을 입지 않은 것이 후회되었다. 어찌됐든 지금까지 누이동생이 사다준 옷을 잘 입고 있으며 옷을 입을 때마다 늘 관심을 가지고 오빠를 챙겨주는 여동생의 마음 씀에 감사하곤 한다.

종종 재벌가들의 형제자매간 법정다툼을 본다. 서로 분쟁상대방이 처벌받기를 원하며 상대방의 범법사실을 사법당국에 고발하거나 상대방의 치부를 들추어내기도 한다. 한 가정의 문제가 사회문제로 비화되는 것이다. 재벌가들만 그러한 것은 아니다. 대통령조차 동기간 문제를 해결하지 못하고 갈등관계를 지속하였음을 생각하고 놀란다. 재벌가나 대통령이 아니라도 우리 사회에는 형제자매간 왕래하지 않고 서로 소 닭 보듯 하는 경우도 적지 않다. 심지어 형제자매간 원수처럼 지내거나 불편한 관계를 지속하는 집안을 종종 볼 수 있다. 어떤 경우에는 동기간 경쟁의식이 강하여 서로 경쟁관계에 있기도 하고 서로 경계를 하는 경우도 있다. 그리하여 이웃사촌이란 말도 있고 피보다 진한 물도 있다는 말이 생겨나기도 한 모양이다.

집안이 화목해야 모든 일이 잘 풀린다는 가화만사성家和萬事成이란 말은 허튼 말이 아니라는 생각이 든다. 나아가 수양을 하고 집안을 잘 돌보면 나라를 잘 다스리고 세상을 평화롭게 할 수 있다는 수신제가치국평천하修身齊家治國平天下는 동서고금을 통해 금과옥조가 될 듯하다.

형제자매간 다툼이나 불화의 원인은 다양하지만 재산분쟁, 특히 유산분쟁에서 비롯되는 경우가 많은 듯하다. 노골적으로 그 원인이 들어나는 경우도 있지만 겉으로 들어나지는 않지만 알고 보면 재산문제가 주원인인 경우도 적지 않다. 형제자매간 재산 다툼은 어찌하여 발생하는가? 우애가 부족하거나 추억이 부족하여 그러한 것은 아닐까?

지인 중에 강남의 한 원주민이 있다. 강남에서 태어나고 자라 외부에서 이주해 온 사람과 구별하여 원주민이라 한다. 그녀의 부친은 돈만 생기면 땅을 샀다. 세월이 흐르니 그 땅은 황금으로 변하였다. 강남이 개발되면서 준 재벌급 벼락부자가 된 것이다. 상처 후 새 여자를 얻었지만 재산관계를 고려하여 혼인신고는 하지 않고 자녀들에게도 정식 인사를 시키지 않았다. 부친 생전에 증여도 있었지만 사망 후 여기저기서 부동산이 나타나 상속도 이루어졌다. 아버지가 생전에 딸들에게 한 구두 약속은 동거녀와 아들관계로 지켜지지 못하였다. 부동산임대 수입으로 월세 1억여 원을 받아 뻔뻔히 놀며 호화판생활을 하는 오빠들을 보면서 지인의 언니는 오빠들에 대한 불만과 원망으로 발길을 끊었다 한다. 상속인 당사자보다 그녀의 남편이 처가 재산에 관심이 많고 불평을 토로한 때문이라 한다. 증여나 상속관련 분쟁 중에는 당사자보다 그의 배우자가 불만이 많거나 부추겨서 발생되는 경우가 적지 않다. 지인은 작은 부동산이라도 상속받은 것을 감사하게 생각하고 동기간 우애를 중시하며 수시로 해외여행도 하며 여유 있고 행복하게 살고 있다.

사람은 감정의 동물이고 이해관계는 동물과 다르지 않게 민감할 수 있다. 그러나 형제자매간에 있어서는 다를 수 있다. 형제자매간 갈등이나 충돌은 시간이 흐르면서 서로 양해하고 용서하고 용서받고 끝내는 해결되는 경우가 많다. 어릴 적 부모님 밑에서 같이 어울리며 즐거웠고 또 행복했던 추억을 떠올리며 그런 문제로 동기간 의 상하고 서운하게 할 수 없다고 생각하기 때문이다. 더욱이 앞날을 생각하고 자손을 생각하면 자기 입장만 고집하는 것보다 양보하고 용서하는 것이 낫다고 생각하게 되는 것이다.

끝까지 분쟁관계나 껄끄러운 관계에 있는 형제자매간을 보면 어릴 적 같이 어울리던 추억이 있는 것일까 하는 생각을 하게 된다. 분쟁의 내막을 알고 보면 이복형제 등 한 집에서 함께 어울리지 못한 동기간의 분쟁이 많은 듯하다. 같은 부모님과 형제자매간 공감하고 공유하는 추억이 있다면 끝까지 원수 간이 되지는 못할 것이리라. 어렵고 힘들었던 또 즐겁고 재미있었던 추억의 공감과 공유는 그토록 가치 있고 영향력이 있는 것이다. 나는 아직도 피는 물보다 진하다는 말을 그대로 믿는다. 이웃사촌이라 하고 아무리 친하고 가까운 이웃인들 내 핏줄만 하겠는가? 모든 가정, 모든 동기간이 화목하여 사회와 나라가 평온하고 행복할 수는 없는 것일까. 누이동생을 생각하며 모든 동기간의 화목과 행복을 기원한다.

2. 화두와 사회생활

졸업식_부모님과 남동생

부모님과 5남매(1968.3.31)

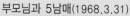

1968. 3.31

누드, 몸의 정치학

　나이 탓인지 누드에 대한 느낌이나 설렘이 전보다 덜하다. 젊었을 때에는 누드는 그 단어만 들어도 다소 긴장되고 흥분되었다. 더욱이 여성의 누드는 아름다움이나 예술의 대상이기 이전에 호기심과 흥미의 대상이었다.

　이른 아침 아내는 성지순례를 위하여 익산 나바위로 향하는데 나는 여자의 누드를 보기 위하여 올림픽공원 내 소마미술관으로 향하였다. 집사람은 집을 나서며 나를 돌아보고 벌거벗은 여자 구경 실컷 하라고 한마디 하며 발길을 돌렸다. 소마미술관에서는 영국국립미술관 테이트미술관 소장의 누드 명작 120여 점이 전시되고 있었다. 작품은 누드를 주제로 한 대가들의 회화, 조각, 드로잉, 사진 등 다양하였다.

　올림픽 공원에 들어서니 공원의 가을 하늘이 유난히 푸르고 아름다워 미술관에 들어가기 전에 호수 주위를 돌아보았다. 토요일이어서인지 가족단위로 다인용 자전거를 타는 사람도 있고, 유모차를 밀며 걷는 사람도 있고, 많은 사람들이 삼삼오오 공원의 가을을 즐기고 있었다. 나도 공원의 가을을 좀 더 즐기고 싶었지만 미술 감상을 좋아하는 동창들과의 약속시간 때문에 서둘러 미술관으로 발걸음을 재촉하였다.

미술관에는 누드전이라지만 여느 전시회와 다름없이 남자가 특별히 많지는 않았다. 호기심이 많은 청소년들도 특별히 눈에 띄지 않았다. 입구에서 도슨트 설명시간을 알아보니 시간이 안 맞아 작품설명이 나오는 오디오기기를 빌려 귀에 걸치고 입장하였다.

제1전시실 입구에서 맞이하는 첫 작품은 청동으로 만든 실물 크기의 활을 쏘는 남성 누드였다. 활을 당기는 남자의 팔 다리의 근육 그리고 구불구불 드러나는 갈비뼈 등이 생동감 있고 역동적으로 다가왔다. 남성의 상징도 숨기지 않아 눈길을 주게 하고 누드 전시회를 실감하게 하였다. 누드는 단순히 벌거벗은 몸을 가리키는 것이 아니라 예술 등 특수한 목적을 가지고 나체로 되었을 때를 의미하는 것이 아닌가. 그리스 로마 시대에는 아름다움의 극치로 나신이 표현되었으나 중세에 이르러서는 옷을 벗는 것은 죄악시 되었고 르네상스시대에 다시 누드가 성행하였다.

스페인의 프라도 미술관에서 보았던 고야의 「옷을 벗은 마하」와 「옷을 입은 마하」 그림이 떠올랐다. 고야는 왕실 가족과 귀족들의 초상화를 주로 그리는 스페인의 궁중 화가였다. 그는 자기의 연인이었던 알바 공작 부인의 나체화를 그렸다. 공작 부인이

실오라기 하나 걸치지 않고 유방과 음모를 드러낸 채 비스듬히 누워 있는 고혹적인 그림이었다. 그림이 공개되자마자 외설과 신성모독 논란을 불러일으켰다. 그는 종교재판소로부터 그림에 옷을 입힐 것을 강요받기도 하고 5년 후에는 똑같은 자세의 「옷을 입은 마하」를 새로 그렸다. 그러나 이런 일로 하여 궁중화가의 지위를 박탈당하게 된다. 나는 이 같은 해설에 흥미를 느끼며 두 그림을 비교하며 재미있게 그림 감상을 하였다.

현대에도 예술과 외설에 대한 논란이 있기는 하지만 표현의 자유를 만끽하며 특히 전위예술로 누드가 다양하게 이용되고 있지 않은가. 제2전시실의 「사적인 누드」라는 표제는 다소 생소하였다. 19세기 말에서 20세기 초 누드를 주거공간으로 옮긴 것이라 한다. 여기에는 르노아르의 「긴 의자 위의 누드」도 있었다. 의자 위에 비스듬히 누운 여자의 둥글둥글하고 풍만한 몸매가 육감적이었다. 그러한 누드는 여성의 상징으로 가장 일반적인 것이다. 「네덜란드 여인」이란 그림에서는 비스듬히 누운 여자의 넓적다리가 특히 눈길을 끌었다. 여자의 대퇴부가 마치 코끼리 다리만큼이나 굵직하게 그려져 몸의 다른 부위는 눈에 들어오지 않았다. 그 그림은 가난과 매춘을 상징한다고 하였다. 에드가드가의 「욕조속의 여인」이란 그림은 빅토리아 시대의 것으로 화가 자신의 부인을 그린 것이라 한다. 피카소의 「목걸이를 한 여성누드」 속의 여성도 그의 두 번째 부인이다. 앙리 마티스의 「옷을 걸친 누드」에서는 마티스가 이웃 댄서를 다소 외설적으로 그려 선정성 비판이 있었다. 그리하여 얼굴을 옆으로 돌린 형태로 그림을 수정하였다고 한다. 이렇듯 여자의 누드는 화가 자신의 부인이나 연인 또는 지인을 모델로 한 것이 많다. 모델을 구하기 쉬운 때문이었을까 아니면 특별한 애정 때문이었을까. 놀라운 것은 화가가 자신을 모델로 누드를 그리기도 한다는 것이다. 자기누드라 한다. 전시장 이동통로 벽면에는 전시작품으로 보는 미술사조가 보기 좋게 간단하게 정리되어 있었다. 나는 주의 깊게 1.고전주의에서부터 2.자연주의(1860년대~1880년대) 3.상징주의(1880년대~1900년대) 4.인상주의(1860년대~1890년대) 5.야수주의(1990년대~1910년대) 6.입체주의(1990년대~1910년대) 7.초현실주의(1920년대~1940년대) 8.사실주의 9.표현주의 순으로 읽어가며 머리에 입력시켰다. 미술공부를 하는 듯하였다.

모더니즘 누드도 있었다. 20세기 전반부의 누드는 인체의 형태를 어떻게 바라볼 것인가에 주안점을 두었다는 것이다. 남성 누드의 대상이 주로 권투선수와 레슬링 선수였던 이유는 동적인 남성의 몸이 현대의 역동성을 암시하여 모더니즘의 강건하고 남성적인 측면을 구현해 주었기 때문이라 하였다. 그러나 다른 전시실 중앙에 놓인 헨리 무어의 「쓰러지는 전사」상은 달랐다. 눈에 구멍이 날 정도로 상처입고 무기력하게 쓰러지는 전사는 애처롭고 나약해 보였다. 헨리 무어의 「쓰러지는 전사」는 부상당

하고 연약한 남성의 몸을 통해 세계 제2차 대전 후의 시대상을 반영하고자 한 것이다. 남자를 상처받고 약해진 나약한 존재로 표현하여 기존의 남성상과는 다른 새로운 남성상을 보여주고 있었다.

「키리코시인의 불확실성」이란 그림에는 목이 없는 석고상과 그 옆에 여러 개의 바나나들이 놓여 있고 멀리 기차가 지나가고 있는 것이 배경으로 보여 매우 인상적이었다. 마치 메타포가 강한 시 한 편을 읽는 느낌이었다. 초현실주의 그림이다. 그림 제목에 시인이 등장하여 각별히 호기심을 느끼며 한참 동안 감상하였지만 쉽게 이해되지 않았다. 불안 가득한 꿈 같은 현실을 나타내며 기차는 생명의 약동을, 과일은 감각적 쾌락을 상징하는 듯하였다.

루시안 프로이드의 「헝겊뭉치 옆에 선 여인」이란 그림도 보였는데 루시안 프로이드는 「꿈의 해석」으로 유명한 정신분석학자 지그문트 프로이드의 손자라 한다. 할아버지는 정신분석학자로서 꿈을 잠재의식의 발로로 보았는데 손자는 화가로서 그림을 어떻게 해석하는지 궁금하여졌다. 마티스의 그림 「비스듬히 누운 누드」는 종이에 목탄으로 그렸으며 그는 그림 외에도 조각으로 한 몫을 하고 있었다.

제5전시장 정면 벽 쪽에는 얼굴과 양팔이 없이 몸통과 긴 다리만 있는 알베르토 자코메티의 「걸어가는 여인」 상이 놓여 있었다. 기이하고 강렬한 느낌이 들었다. 형태를 단순화 한 것이 인상적이었다. 단순할수록 강력한 힘을 느끼게 되는 것인가.

인간의 열정을 담은 가장 위대한 작품이라는 로댕의 「키스」는 전시실 중앙에 차갑게 놓여 있었다. 단테의 소설에 등장하는 남녀의 사랑을 묘사한 작품이다. 흰색의 대리석으로 만들어진 남녀가 부둥켜안고 키스하는 작품인 「키스」는 에로티즘과 이상주의 결합이라는 오디오 해설이 있었다. 그러나 믿기지 않았다. 대리석이라는 매끄럽고 차가운 재질로 만들어진 때문인지 에로틱하기 보다는 오히려 아름답고 예술적으로 느껴졌다. 워낙 유명한 작품이어서인지 이번 전시회의 하이라이트라고 설명하였다.

몸의 정치학은 1970년대 누드에 공개적인 정치 참여가 시작된 것이다. 남성 화가들이 여성을 대상으로 나체 그림을 그리던 누드 분야에 실비아 슐레이 등의 여성 예술가들이 도전하기 시작하였다. 그리하여 여성 화가에 의한 남성모델의 남성 누드화가 나타나기 시작하였다. 여성 화가들이 남성을 발가벗겨 놓고 남성의 나신을 사실 그대로 그려내기 시작한 것이다. 고대 그리스 조각에 남성의 나신이 등장하지만 그림에서도 남성의 성기를 사실 그대로 그려낸 것이다. 여성 화가들의 반란이라면 지나친 표현일까. 마지막 제6전시실에서는 남자의 누드화가 전시되고 있었다. 특히 실비아 슐레이의 그림이 눈길을 끌었다. 실물 크기의 비스듬히 누운 남성 누드는 너무 사실적이어서 마치 벌거벗은 실물을 연상시키고 있었다. 화폭 가득히 비스듬히 누운 남성누드는 남성의 상징을 적나라하게 인상적으로 그려내고 있었다. 그것도 화폭 정중앙에 큼지막하게 당당하게 드러내놓고 맘껏 감상하도록 하고 있었다. 마치 두 바퀴 달린 대포가 포격을 끝내고 잠시 열을 식히며 휴식을 취하는 듯 보였다. 여성 관람객들은 그림이라하더라도 민망한지 그 앞에 오래서서 뚫어지게 보지는 않았다.

이 전시회 최고 하이라이트는 로댕의 「키스」라고 해설하고 있었다. 전시회 마지막 출구에도 대형 「키스」 사진을 걸어놓고 기념사진 촬영을 하도록 하고 있었다. 하지만 내가 보기에는 이 누드전의 하이라이트는 실비아 술래이의 「비스듬히 누운 폴로사노」였다. 나는 출구 벽에 걸린 로댕의 「키스」 그림 사진 앞에서 기념사진을 찍었다. 남녀가 부둥켜안고 키스하는 사진 앞에 서려니 잠시 움찔거려졌다.

미술관을 나서려니 신이 만든 최고의 걸작품이라는 인체가 무엇보다 아름답고 신비스럽게 느껴졌다. 특히 남자가 여자보다 아름답게 다가왔다. 미술 강의-특히 누드에 대한 강의를 장시간 들은 듯하였다. 몸의 예술이란 표현과 더불어 몸의 정치학이란 누드의 표현이 누드에 대한 인식을 새롭게 하였다.

요양원 할머니의 색조화장

때 아닌 겨울비가 추적추적 내린다. 차 안에서 바라보는 서울 도심은 잿빛에 휘감긴다. 구정연휴를 맞이하여 요양원에서 생활하는 지인을 인사차 방문하였다. 음산한 날씨 탓인지, 구정연휴 때문인지 5층 요양원 건물은 적막하다. 친절한 여직원의 안내를 받아 거실로 들어섰다. 수십 명의 백발들이 모두 거실의 의자에 앉아 있다. 의자 앞 큰 탁자 위에는 아무 것도 없고 모두가 초점 없는 눈으로 앞만 바라보고 있다. 외부에서 사람이 들어와 자기 앞을 지나가도 눈을 돌리거나 고개를 돌리지 않는다. 전원이 멍때리기 경기를 하는 것인가? 노인전문요양원이라 수용자들이 고령층이라 그러한 것일까? 지인은 한옆의 작은 탁자를 가운데 두고 둘이서 따로 앉아 있다. 둘이서 화투를 할 참이었다. 나를 알아보고 무척 반가워한다. 나를 알아보지 못하면 어쩌나 은근히 걱정하던 터였다. 2인용 자기 침실로 내 손을 잡아끌어 방안으로 들어갔다. 1인용 침대가 ㄱ자로 두 개가 놓여 있고 작은 수납장이 침대 맡에 하나씩 있다. 수납장 위에는 미수 잔치 때 찍은 가족사진 액자와 십자가가 놓여있다. 얼굴 꽃을 피우며 자기를 다 찾아주었다고 고맙다는 말만 수십 차 한다. 말꼬리를 돌리려 해도 같은 말만 반복한다. 요양원에 들어온 지 얼마나 되느냐 물었다. 2년 지났다 한다. 가끔 요양원 밖에도 나가느냐 또 물었다. 한 번도 밖으로 나간 적이 없다 한다. 휠체어 타 본 적이 없느냐 다시 물었다. 휠체어가 무엇이냐 묻는다. 일제시대에 대학을 졸업하고 고교교사 생활을 한 소수의 엘리트였지만 이제는 다른 노인과 차이가 없다. 요양원에서는 가끔 휠체어에 태워 밖으로 산책 나들이를 시켜주는 것으로 알고 있는데 기회가 없었던 것인지 모르겠다. 치매 초기여서 외국에서 살고 있는 자녀는 자기를 알아볼 때 만나겠다고 올 봄 가족과 같이 나오겠다하였다. 치매 초기라지만 자신의 출생년도도 기억하고 친인척의 결혼 등 반세기 이전의 과거사를 상세하게 기억한다. 그러나 최근의 일들은 거의 기억해 내지 못한다. 그와의 대화는 과거사에서 벗어나지 못한다. 오직 과거만 있고 현재와 미래는 없다. 꿈도 없고 희망도 없다는 것이 보는 이를 슬프게 한다.

내 손을 잡은 얼굴을 들여다보니 얼굴은 훤하고 눈썹도 진하고 입술은 빨갛다. 얼굴에 색조 화장을 한 것이다. 93살 노인인데 하루 종일 요양원 거실에서만 생활하며 화장을 하는 것이다. 아침은 7시 반에 먹는다 한다. 아침 먹기 전에 외출도 하지 않지만 화장을 예쁘게 하는 것이다. 젊은 여성들도 외출하지 않을 때에는 기초화장 외에는 별다른 화장을 하지 않는 경우가 많다 한다. 화장도 일이고 귀찮기 때문일 것이다. 그러나 지인은 남편 없이 살면서 80대의 나이에도 화장을 하였다. 외출할 일이 없어도 기초화장 외에 눈썹, 입술 화장까지 한 것이다. 이를 여자의 화장 습관이라 설명할 수 있을 것인지? 그러나 90대의 화장은 단순히 습관적이라 보기 어려울 듯하다. 이미 기력도 쇠하고 치매가 진행되고 정상에서 벗어나기 시작하였기 때문이다.

내가 오래전 사회복지사 자격증을 취득할 때 실습조건을 충족시키기 위하여 복지관에서 한 달 이상 실습을 한 적이 있다. 어느 날 복지관 내 노인시설에서 봉사하기 위하여 들어섰을 때 여러 할머니들이 다가와 이것저것 물어보며 관심을 보였다. 그러자 근처에 있던 할아버지들이 자신에 대한 봉사를 거부하며 노골적으로 불쾌하다는 듯한 태도를 보였다. 그곳 근무자는 호감이 드는 젊은 남자가 들어오니 할머니들이 반응을 보이고 그것을 본 할아버지들이 시기를 하는 것이라 하였다. 거의 본능적이라 하였다. 아무리 나이가 들었어도 남자와 여자의 본능은 사라지지 않는다는 것이다.

외출하는 것도 아니고 누가 강요하는 것도 아니지만 구순이 넘어 아침에 일어나 세수를 하며 색조화장을 하는 것은 상식적이거나 일반적인 것이라 할 수 없다. 얼굴의 화장기만으로도 인물이 돋보이고 생동감이 있어 보였다. 보기 좋았다. 아무리 나이가 많아도 외출도 하지 않으면서 아침 일찍부터 화장을 한다는 것은 예쁘게 보이고픈 여자의 본능이라 하지 않을 수 없을 듯하다. 음산한 날씨에 밝고 곱게 화장한 얼굴을 보니 어두운 마음이 다소 밝아지는 듯하다. 요양원을 나서며 구순 할머니의 색조화장은 자신과 남에게 여성의 존재감을 확인시키기 위한 것임을 깨닫는다.

휴대폰 세배

과학이 발달하면서 사회도 변하고 생활방식도 달라진다. 그에 더하여 의식세계도 변화한다. 휴대폰이 널리 이용되면서 휴대폰 없이는 생활할 수 없는 휴대폰 세상, 모바일 세상이 되었다. 아침에 눈을 뜨면서부터 우선 휴대폰부터 찾게 된다. 간밤에 들어온 카톡, 메시지에는 무엇이 있는지, 새로 들어온 이메일은 없는지, 밴드에는 누가 무슨 글을 올렸는지가 궁금하고 관심사이기 때문이다. 특히 외국에 나가 있는 관심 인물이 있는 경우에는 더욱 그러하다. 단체나 동아리는 물론 가족, 형제자매끼리도 카톡방이나 밴드를 만들어 운영하는 것이 대세가 되었다. 결혼해 분가한 자녀도 결혼생활 소식이나 SOS를 가족 카톡방이나 밴드로 보낸다. 외국에 이민 가서 살거나 해외여행을 하는 경우에는 더욱 중요한 정보공유나 소통수단이 된다. 전 세계가 밤낮없이 휴대폰으로 연결되어 있다 할 수 있다. 우리의 의식조차도 걸핏하면 휴대폰부터 찾고 휴대폰에 의존하는 세상이 되었다.

휴대폰은 휴대하는 전화이니 통신이 주목적이다. 그러나 오늘날에는 통신이 주목적이라 할 수 없을 정도로 휴대폰은 다양하게 이용된다. 인터넷으로 가능한 것은 휴대폰으로 가능한 것이다. 휴대폰이 티켓 구매를 대신하여 기차표나 극장표를 현장에서 구매하지 않고도 휴대폰을 기계에 대거나 검표원에게 보여주기만 하면 되게 되었다. 택시도 휴대폰으로 호출하여 이용할 수 있고 병원 진료일도 휴대폰 문자로 통지해 준다. 휴대폰으로 하루 종일 게임을 즐길 수도 있다. 생전 처음 가보는 외국의 초행길도 휴대폰을 가지고 찾아간다. 어디 그 뿐인가! 각종 자료를 휴대폰을 통하여 찾아볼 수 있다. 모르는 것이 있으면 휴대폰 버튼만 누르면 답이 나오니 휴대폰은 척척박사라 할 수 있다.

설날에는 내가 5남매 중 장남인 관계로 동생네 가족들이 우리 집에 와서 차례를 지낸다. 동생들만 오는 것이 아니고 동생네 가족들도 함께 모인다. 조카 등 3세대가 함께 하는 것이다. 우리 형제자매는 모두 천주교 신자인 관계로 차례도 천주교 제례법을 따른다. 아버님의 생전부터 해오던 제례법이다. 천주교식 제사는 유교식 전통제사에 찬송가와 기도를 포함한 제사이다. 절도 하고 제주도 따르고 성가도 부르며 기도도 한다. 성가를 부를 때 성가 책이 없으면 휴대폰으로 성가를 찾아내어 그것을 보며 할 수 있고 기도도 휴대폰으로 기도문을 보며 할 수 있다. 이제는 찬송가책이나 기도서를 가지고 다닐 필요도 없게 되었다. 휴대폰만 있으면 되는 것이다. 외국에 이민 가서 살고 있는 동생은 우리가 차례를 지낼 때쯤이면 휴대폰 카톡 전화를 해온다. 비록 기계를 통하지만 한자리에 있는 것처럼 대화하며 반가워하고 현장감을 느끼는 것이다. 차례에 직접 참석하지 못하는 대신 휴대 전화로 차례에 참례하게 된다. 비록 몸은 멀리 떨어져 있어도 휴대폰을 통하여 차례 현장에 함께하는 것이다. 벌써 10년째나 되는 것 같다. 차례를 지낸 후에는 동생 및 조카들과 아침을 함께 먹는다. 그 다음은 모두 세배를 하게 된다. 새해 첫날을 모두 세배를 하며 대가족이 더불어 시작하는 것이다. 서로 덕담을 주고받으며 기분 좋게 한 해를 시작한다. 직장의 신년하례식 같은 가정의 신년하례식이라 할 수 있다.

금년에는 처음으로 휴대폰을 통하여 세배까지 받았다. 큰 여동생의 큰아들인 조카가 그의 아들과 뉴질랜드 여행 중 설날을 맞이하여 휴대폰으로 설날 인사를 해온 것이다. 영상통화를 하니 그쪽 분위기를 파악할 수 있고 이쪽 분위기도 실시간으로 전달 할 수 있다. TV로 실황중계방송을 보는 듯하다. 휴대전화를 통하여 세배까지 하였다. 우리는 휴대전화를 통하여 세배를 받고 휴대전화를 통하여 세뱃돈을 주었다. 휴대폰 영상을 통하니 직접 마주하며 세배를 받는 것과 별반 다르지 않았다. 휴대폰으로 세배까지 받으니 휴대폰 세상이란 말이 더욱 실감이 난다.

초등 스포츠의 감동

모처럼 초등학생 배구경기를 본다. 코트에 서 있는 어린 선수들이 체육관 마룻바닥 위로 쏘옥 올라오는 새싹으로 보인다. 새싹들의 역동적 움직임에서 감동을 느낀다. 본래 스포츠를 좋아하고 경기관람을 좋아하여 일 년 열두 달 무슨 경기든 경기하는 것을 안 보는 날은 거의 없지만 초등학생 경기는 오랜만에 보는 것이다. 최근에는 주로 류현진의 MLB 선발등판 경기와 세계청소년야구선수권대회 그리고 농구월드컵예선전에 각별한 관심을 가지고 중계방송을 지켜보고 있다. 그 외에 프로 축구와 격투기 그리고 미국 프로레슬링까지도 꾸준히 지켜본다. 새벽 2, 3시에 중계하거나 4, 5시에 중계하는 경우 밤잠을 자지 않고 혼자 T.V. 중계를 기다리기도 하고 T.V. 중계를 보기 위하여 새벽잠을 깨는 경우에도 아내는 이제 그러려니 한다. 경기장을 찾은 어떤 대학농구경기의 관중 수는 수 십 명에 불과한 때도 있어 내 또래의 관중이 있나 둘러보기도 한다.

운동경기를 많이 보는 것은 스포츠를 좋아하기 때문이다. 어쩌면 내가 하고 싶던 운동선수가 못 됐기 때문에 미련이 있어 더욱 그러는지도 모르겠다. 그것뿐만이 아니다. 스포츠는 예술이고 감동이 있기 때문이다. 손에 땀을 쥐게 하는 것도, 버럭 소리지르며 흥분하게 하는 것도 싫지 않기 때문이기도 하다. 감탄을 자아내는 멋진 플레이는 아름답기도 하고 예술의 경지에 이른다. 한 번의 경기는 한편의 드라마를 보는 듯한 것이다. 그래서 운동경기를 각본 없는 드라마라고 표현하지 않는가. 그러한 것들은 대체로 기량이나 경기력 면에서 어느 정도 수준이 되어야 영향이 크기에 주로 성인경기를 보는 편이다. 그러나 초등학생 경기라도 악착같이 최선을 다하는 모습이 가상하고 아름답고 감동이 있기도 하여 가끔은 즐겨 보는 것이다.

전국초등학교배구대회 여자부 결승은 나름 특색 있고 재미있고 감동이 있었다. 아직 기량이 가다듬어지지 않아 자기편에 넘어온 공을 상대방 코트에 넘기기 급급하고 감정관리가 잘 안 되어 감정에 따라 경기력에 크게 영향을 받기도 하였다. 지도자인 코치는 한 팀은 2,30대, 다른 팀은 3,40대인 듯, 젊고 순수하고 선수와 배구에 대한 애정과 열정이 넘쳐보였다. 자기 팀이 실수를 하여 점수를 내주면 입술을 깨물며 안타까워하는 모습이 진솔하여 공감이 되었다.

초등학교 배구경기는 성인 경기와 달리 9인제로 하고 있었다. 한 팀 9명의 선수가 세 줄로 늘어서니 코트가 좁아보였다. 자기편에서 세 번 토스한 후 상대편에 강하게 넘겨 득점할 수 있지만 한 번이나 두 번 만에 가까스로 상대 코트에 넘기는 경우도 종종 있었다. 평범한 서브를 제대로 받지 못하여 놓치거나 공이 이리저리 튕겨나가는 경우가 적지 않았다. 선수가 9명이다 보니 자기 위치를 잡지 못하고 자기편에 넘어온 공 따라 송사리 떼처럼 우르르 몰려다니는 경우도 나타났다. 사기가 오르면 한번 공격에 6,7점을 따기도 하였다. 한 점을 따게 되면 좋아하는 선수들의 해맑은 표정이 나팔꽃처럼 활짝 펼쳐지고 예뻐 보였다.

대회는 전국의 90개가 넘는 팀, 1800여 명의 배구 꿈나무들이 참가했지만 초등부 고학년 경기는 17개 팀이 참가하였다. 초등부를 중학년과 고학년으로 나눈 것이 이채롭다. 또한 선수 중에는 안경 쓴 선수가 많은 것도 그러하다.

결승전은 대도시 학교는 모두 탈락하고 대천의 한 초등학교와 춘천의 한 초등학교가 맞붙었다. 경기는 성인 팀과 다르지 않게 코치의 작전에 의해 진행되었다. 상대팀 전력분석을 위해 상대팀 경기영상도 구해 본다고 하였다. 서브에서 실수를 한 선수는 동료선수에게 미안해하는 표정이 역력하였다. 나아가 경기도 위축되는 듯 보였다. 한편 어쩌다 서브 포인트를 따게 되면 더욱 신이 나 팔에 힘이 들어가고 한 번에 몇 개의 서브 에이스를 올리기도 하였다. 경기는 경기력보다도 운이 좌우하는 경우도 종종 보였다. 특히 서브 에이스는 더욱 그러하였다. 한 게임에서 여러 차례 역전 재역전이 이루어졌다. 코치의 작전타임에서는 특별한 작전지시보다는 선수들을 다독이고 긴장을 풀어주고 의기소침한 선수들의 사기를 북돋아 주는 경우가 많은 듯하였다. 팀의 코치나 선수 모두 전쟁터에 나가는 병사처럼 비장해 보였다. 관중석에서 응원하는 학부모들은 선수보다 더 경기에 열중하며 일희일비하였다. 양 팀의 학부모 응원단들은 경기를 즐기기보다는 코트에서 뛰는 선수보다 더욱 긴장하고 또 열광하는 듯하였다.

경기는 엎치락뒤치락하다 대천의 초등학교 팀이 2-1로 이기고 우승하였다. 경기 MVP도 그 팀의 6학년생이 되었다. 경기가 끝나는 순간 젊은 코치는 눈물을 글썽이며 코끝을 손으로 쥐고 있었다. 관중석의 학부모들도 눈물을 닦으며 울먹이고 있었다. 선수들도 기쁨의 눈물을 흘리며 서로 부둥켜안았다. 2-1로 아슬아슬하게 패한 춘천 팀은 무척이나 아쉬워하였다. 그러나 눈물을 보이지는 않았다. 승리한 팀, 우승한 팀이 기쁨과 환희의 눈물을 흘리는 것이었다. 그러한 모습은 보기에도 감동적이었다. 대도시도 아닌 지방의 작은 초등학교의 우승이어서 더욱 그러하였는지 모르겠다. 코치는 스스로 감정을 억제하며 코트에서 나오는 선수들의 등을 두드리고 치하해주었다. 학부모응원단도 선수들을 환호하며 열광적으로 맞이해 주었다. 모두 울며 웃고 있었다. 핸드볼 선수들의 감동실화인 「우리 생애의 최고의 순간」이란 영화를 보는 듯하였다.

스포츠는 역시 역동적인 감동의 드라마라는 생각을 다시 해본다. 초등학교 선수들이여서 그 감동이 더욱 순수하고 즉각적이고 진한지도 모르겠다.

행복한 시절

살다보면 힘들고 어려운 때가 있다. 때로는 죽고 싶을 때도 있다. 또 옛날이 그리워지거나 옛날로 돌아가고 싶은 때도 있다. 옛날이 행복했었다고 말하는 사람도 있다. 그러나 옛날보다는 지금이 낫고 지금이 행복하다고 하는 사람도 있다. 100세를 살고 있는 철학자 김형석 박사는 "옛날 사람보다는 지금 우리가 고통스럽다, 고생스럽다 하지만 지금이 행복한 세상을 살게 되겠죠, 몇 해 전 국사학을 전공하는 사람한테 물어봤어요. 한 2000년 역사를 보면 어느 때가 가장 행복하였느냐고요. 그래도 지금 사는 게 제일 좋다고 그래요."라고 하였다.

나의 행복한 시절은 언제인가를 생각해 본다. 과거인가 현재인가? 넉넉하고 풍족한 생활을 한다고 행복한 것인가? 행복을 결정하는 요인은 무엇인가? 과거로 돌아가고 싶다는 사람은 과거가 행복하였던 사람이고 과거로 돌아가고 싶지 않다는 사람은 현재가 행복한 사람이라고 할 수도 있다.

어느 결혼정보회사에서 미혼남녀에게 「돌아가고 싶은 과거」에 대하여 설문조사한 것을 본 적이 있다. 남자의 경우는 20살로 돌아가면 좋겠다는 사람이 36.3%로 제일 많았고 여자는 중고등학교시절로 돌아가면 좋겠다고 한 사람이 44.9%로 제일 많았다. 남자와 여자가 서로 다른 것이다. 그 다음번 많은 응답은 남자는 중·고등학교시절로 돌아가고 싶다가 27.4%, 초등학교 13.7%, 과거로 돌아가지 않겠다 13.7%, 미취학아동 8.9% 순으로 나타났다. 이에 반하여 여자의 경우는 중·고 시절 다음으로 스무 살로 돌아가고 싶다는 사람이 22.9%, 미취학아동 19.7%, 초등학생 4.8%, 돌아가지 않겠다 0.7%를 보였다. 남녀 모두 대부분의 사람들이 현재보다는 과거로 돌아가고 깊다고 하였다. 남자의 경우 과거로 돌아가지 않겠다고 응답한 사람들은 13.7%로 미취학아동 시절보다 많이 나타났으나 여자의 경우는 0.7%로 과거로 돌아가지 않겠다는 사람은 한 명이 채 안되었다는 것이 주목할 만하다. 여자의 경우 꿈 많고 감성이 풍부하고 재미있던 사춘기인 중·고 시절로 돌아가고 싶다는 사람이 절반에 이른다는 것이 인상적이다.

과거로 돌아가고 싶은 이유에 대하여는 남자의 경우 연애할 때 후회되는 부분 되돌리고 싶어서가 36.9%로 제일 많고 여자는 나이 먹는 것에 대한 아쉬움이 41.5%로 제일 많았다. 남자의 경우 그 다음, 과거를 돌아가고 싶은 이유는 현재보다 과거가 더 행복했던 것 같아서가 21.4%로 두 번째로 많고 다음 나이 먹는 것에 대한 아쉬움이 11.9%, 학벌에 대한 아쉬움이

10.7%, 경제적으로 여유로워질 수 있을 것 같아서 10.1% 순이었다. 여자는 학벌에 대한 아쉬움이 29.3%, 현재보다 과거가 더 행복했던 것 같아서가 11.6%, 경제적으로 여유로워 질 수 있을 것 같아서 10.9% 순이었다. 여자의 경우 나이 먹는 것에 대한 아쉬움 다음으로 학벌에 대한 아쉬움으로 과거로 돌아가고 싶다고 한 것이 여러 가지 환경을 생각해 보게 한다. 만일 결혼한 노년층을 대상으로 하였다면 달라질 수 있었을 것이나 모두 각자의 개인 사정에 따라 달리 표현한 것으로 보아 무방할 것이다. 여자의 경우 과거가 더 행복했던 것 같아서나 학벌에 대한 아쉬움보다도 나이 먹는 것에 대한 아쉬움으로 과거로 돌아가고 싶다고 응답한 사람이 제일 많았다는 것이 흥미롭다.

소설가 박경리 씨는 생전에 「다시 젊어지고 싶지 않다」고 하였다. 그는 「모진 세월 다 가서 편안하다. 늙어서 이렇게 편안한 것을…. 버리고 갈 것만 남아서 홀가분하다」고 하였다. 과거보다는 현재가 행복하다는 말일 것이다. 또한 소설가 박완서 씨도 「나이가 드니 마음 놓고 고무줄 바지를 입을 수 있는 것처럼 나 편한 대로 헐렁하게 살 수 있어서 좋고, 하고 싶지 않은 것을 안 할 수 있어 좋다. 하고 싶지 않은 것을 안 할 수 있는 자유가 얼마나 좋은데 젊음과 바꾸겠는가」라고 하였다. 그는 더 나아가 「다시 태어나고 싶지 않다. 살아오면서 볼 꼴, 못 볼 꼴 충분히 봤다. 한 번 본 거 두 번 보고 싶지 않다. 한 겹 두 겹 책임을 벗고 가벼워지는 느낌을 음미하면서 살아가고 싶다. 소설도 써지면 쓰겠지만 안 써져도 그만이다」고 하였다. 현재에 만족하고 과거보다 현재가 더 행복하다는 뜻일 것이다. 국내 대표적인 소설가 두 분이 현재가 편하고 좋다고 한 것은 내 심정과 꼭 같다. 그러나 나는 좀 다른 부분이 있다. 나는 과거, 특히 초등학교 중고 시절이 더 행복했고 그 시절로 돌아가고 싶다는 것이다.

나는 5남매의 장남으로 태어나 넉넉지 못한 생활에도 누구보다 즐겁고 행복한 어린 시절을 보냈다. 부모님은 물론 조부모님과 한집에서 함께 생활하며 그 분들의 보살핌과 사랑으로 지냈다. 그분들은 내가 잘하건 못하건 늘 감싸주시고 품어주시고 도와주셨다. 6·25 동란으로 생사의 갈림길에 있을 때에도 나를 보호해 주시는 부모님과 조부모님이 계셔 위험을 의식하지 못하고 힘든 것을 참을 수 있었다. 피난 집 부엌 땔감을 위해 할아버지를 따라 산에 가서 나무를 해와도 할아버지와 함께 하니 어렵고 힘든 줄 몰랐다. 피난 중에 초등학교에 입학하고 학교가 멀어 중퇴를 하게 되고 의식주가 모두 열악하였지만 믿는 구석이 있어 어렵고 고생스러운 것을 잘 모르고 지낼 수 있었다. 먹을 것이 부족하여 얼굴이 누렇게 뜨고 버짐을 달고 산 적도 있지만 고민하거나 걱정되지 않았다. 고만고만한 5남매가 뒤엉켜 생활하였지만 먹는 것 가지고 싸우지는 않았다. 간혹 서로 다투고 주먹질하는 경우도 있었지만 같이 붙어 노는 것은 재미있고 즐거웠다. 아버지가 공무원으로 대가족 살림이 어려워 우리는 용돈이란 것을 모르고 지냈다. 중학교 다닐 때까지 가게에서 군것질거리를 사먹어 본 기억이 없다. 식사 때를 놓치거나 아무리 배가 고파도 밖에서 돈을 쓰지 않고 꾹 참고 집에 와서 밥을 먹었다.

학년이 높아지며 비상금이란 큰 돈 한 장을 접고 접어서 갖고 다닌 적이 있지만 그 돈을 써 본 기억은 별로 없다. 교통비는 버스표나 전차표만 있으면 되고 돈 쓸 일이 있으면 어머니한테 그때그때 받아서 썼다. 대학을 졸업할 때까지 택시를 타본 기억도 별로 없다. 교통비를 절약하기 위해 웬만하면 걸어 다녔다. 그런 것들이 후에 나의 기초체력이 된 듯하다. 생활형편이 넉넉지 못하니 자연 근검절약이 몸에 배게 되었다. 지금 생각하니 피난을 다니고 전후 생활은 어려웠어도 그 시절이 즐겁고 행복하였다. 나를 보호해주고 사랑해 주시는 부모님과 조부모님이 계시고 우애 있게 지내는 동생들이 있어 아무 걱정이나 고민이 없었다.

현재는 그 어느 때보다도 풍족한 생활을 하고 있다. 국가, 사회도 비교적 안정적이고 개인적으로도 의식주 등 생활에 전혀 부족함이 없다. 그러나 사회생활을 하며 책임을 져야 하는 일이 있게 되고 이러 저러한 고민도 하게 된다. 경제적으로 풍족하다고 행복한 것은 아니라는 것을 깨닫는다. 행복은 마음에 달려있고 환경에 영향을 받는다고 생각된다.

가끔 어린 시절이 그리워진다. 그리하여 60여 년 전에 다닌 서울 변두리의 초등학교를 방문해 보기도 하고 동란 중 피난 가서 입학하였던 피난지 예산의 초등학교도 찾아가 보았다. 또한 내가 어린 시절, 지금은 안 계신 부모님, 조부님과 함께 살았던 돈암동, 성북동 집도 찾아가 보기도 하였다. 그 때와 많이 변하였지만 아직도 모두 정겹게 느껴진다.

　생활은 넉넉지 못하였어도 조부모님과 부모님 모시고 5남매 등 대가족이 한집에서 살던 때가 행복했음을 절감한다. 그 시절이 그리워 그 시절로 돌아가고 싶다는 생각이 불현듯 떠오르는 때가 있다.

결혼 금석지감

세월은 흐르고 세상도 변한다. 세월 따라 유행도 달라지고 시대정신이나 시대관도 달라진다. 세월 따라 남녀관계나 결혼관도 변한다.

근래 지인한테서 들은 이야기다. 아들이 결혼은 안 하고 여자와 교제만 하자 그의 모친이 아들에게 여자를 자빠뜨렸느냐고 물었다 한다. 여자를 쓰러뜨려야 한다고도 했다한다. 아들이 결혼을 안 하니 그런 방법으로라도 결혼을 하도록 유도한 듯하다. 그렇다 해도 그 표현은 너무 원색적이고 야하게 또는 외설적(?)으로 들린다.

또 다른 지인에게서 들은 이야기도 충격적이었다. 시집가지 않은 과년한 딸이 남자와 만나는 것을 안 어머니는 딸에게 남자와 잠자리를 같이 해야 한다고 말했다 한다. 그 어머니는 독실한 신앙인인데도 말이다. 어떻게든 딸에게 결혼하도록 부추기는 것이다. 궁여지책인지 모르겠다. 오죽했으면 그와 같은 말을 다할까 하는 생각이 든다.

세대차이인지 내가 보수적인 가정에서 자라 그러한지 모자, 모녀간의 그러한 대화는 무척이나 충격적이고 듣기 거북하다. 우리가 자랄 때만 해도 남녀는 유별하여 오늘날과 같이 남녀가 자연스럽게 어울리거나 함께 지내지 않았다. 내가 대학 재학 중 이웃에 사는 같은 대학 여대생의 집에 놀러갔을 때의 일이다. 그녀의 어머니가 나에게 시장에 다녀올 테니 잘 놀고 있으라 하며 나가셨다. 집에는 단둘이 남게 되고 한방에서 이야기 하게 되었다. 나는 그 여대생과 단 둘이 한 방에 있는 것이 왠지 불안하고 불편하여 이야기도 제대로 하지 못하였다. 그리고 서둘러 뛰쳐나왔다. 집에 돌아와서는 그러한 행동을 후회하며 빙충맞은 나를 질책한 적이 있다.

또한 그 당시에는 정조관념도 대단하여 여자가 정조를 지키는 것은 생사에 버금가는 문제였다. 아니 정조를 지키기 위하여 목숨까지 버렸다. 여자의 순결을 지키는 것은 그만큼 소중하고 가치 있는 일로 여겼다. 그러하니 남녀교제가 여자에겐 조심스러울 수밖에 없었다. 부모는 딸이 남자와 만나는 것을 예의 관찰하고 감독하며 관리하였다. 여고생이나 여대생이 남자와 만나기만 해도 행실이 나쁘다고 하며 통제하려 하였다. 심지어 여학생이나 남학생이 이성을 만나는 것 자체를 이유나 원인은 생각하지 않고 불량하다고 생각하였다. 그래도 일부 학생들은 부모 몰래 이성을 만나고 연애도 하곤 하였다. 그것이 발각되면 난리가 났다. 그런 학생들은 공부를 잘하건 못하건 모두 불량학생이라 여겼다. 집안 망신시킨다고도 했다. 조신하게 지내다 중매를 통해 맞선을 보고 결혼하는 것을 당연시하였다.

  오늘날에는 결혼은 안 하고 혼자 사는 사람들이 늘어나고 있다. 부모 곁을 떠나 독신생활을 즐기는 것이다. 혼밥, 혼술이란 말도 생겨났다. 통상 혼자서 밥 먹고 혼자서 술을 마시는 것이다. 독신문화가 생겨나는 것이다. 그러하니 자연 결혼율과 출산율은 저조하다. 이러다가 우리나라가 없어지는 것이 아니냐는 말도 나온다. 결혼하고 출산하는 것은 애국하는 것이라는 말이 나온 지도 오래되었다. 남녀교제는 예전과 달리 자유로워지고 자연스러워졌다. 미혼 남녀 간의 성문화도 옛날과 많이 달라졌다. 정조관념이라는 말도 사라지고 그것은 사전속의 단어가 되었다. 간통죄도 없어졌다. 요즈음은 처음 만난 남녀가 당일 키스하는 것은 놀라운 일이 아니다. 언젠가 텔레비전에서 아나운서 출신 엄마와 대학생 아들이 생활하는 모습을 본 적이 있다. 대학생 아들이 여자를 만난 것을 안 엄마가 물어보았다. 그냥 얘기만 하고 들어왔냐는 것이다. 아들은 주저 없이 키스도 했다고 한다. 엄마는 재차 그것만 했느냐고 묻는다. 아들은 대답을 하지 않는다. 아들은 불량기란 전혀 없어 보인다. 일반적인 범생이 대학생이 처음 만난 여자와 키스를 하는 것을 대수롭게 생각하지 않는다. 그 이상도 가능하다는 것이다. 우리 자랄 때에는 감히 생각할 수 없는 것이었다. 이성과 늦게까지 데이트만

하여도 발정 난 똥개같이 싸다닌다고 한 소리 들었다.

결혼연령은 높아지고 결혼하지 않고 혼자 사는 독신자는 늘어나자 혼기를 넘긴 자녀를 둔 부모들은 어떻게 해서든지 자녀를 결혼시키려 안달이다. 아직도 우리 부모들은 자녀가 결혼하는 것으로 부모의 책무는 끝난 것으로 생각을 하는 것이다. 그러하니 부모는 자녀의 결혼문제에 걱정을 많이 하게 된다. 그리고 결혼을 시키기 위하여 온갖 노력을 다한다. 심지어 자녀가 결혼할 수 있는 방법을 별별 얘기를 다해 가며 말해주는 듯하다. 이미 자녀들은 그것을 다 알고 있는데도 말이다. 부모가 미혼 자녀와 한 집에 같이 살지 않고 독립시키는 것은 부모나 가족의 눈치 보지 말고 자유롭게 이성과 교제하며 결혼하라는 의미도 있는 것이다.

하느님은 인간을 만들 때 남녀가 함께 살고 자녀가 생겨 인간이 멸종하지 않고 대대손손 이어지는 것을 생각했지만 지금 우리나라는 그러하지 않다. 자녀가 결혼하여 가정을 가지고 자녀를 두는 것은 부모에게 걱정을 하지 않게 하는 것이고 효의 근본이 된다고 보아야 할 듯하다. 새로운 효행이 생기는 것이다. 예전에는 당연했던 것이 이제는 특별한 것이 된 것이다. 부모는 효를 떠나 무슨 방법으로든 자녀가 결혼하기만을 간절히 바라는 것이다. 부모는 자녀의 결혼을 위하여 남녀관계에 대해 별별 생각들을 다하고 부모 자녀 간에도 예전에는 생각지도 못한 대화도 하게 되는 것이리라. 세월은 이렇게 세상을 변하게 하고 사람의 생각과 언행을 바꾸게 하는가 보다.

나의 치명적 실수

아찔한 순간 잠시 정신을 잃었던 듯하다. 눈을 뜨고 정신을 차려보니 내가 돌계단 위에 비스듬히 모로 쓰러져 있었다. 몸을 움직여 보니 몸이 움직여지지 않았다. 순간 이러다 죽을 수도 있겠다는 생각이 스치고 지나갔다. 겁이 나 몸 전체를 뒤틀어 보았다. 다행히 머리와 왼팔이 움직였다. 순간 전화를 해야 한다는 생각이 스쳤다. 바지 왼쪽주머니에서 휴대폰을 꺼낼 수 있었다. 서울에 있는 아내에게 전화를 했다. 그는 응급실로 가야 한다 했다. 그러나 집이 외진 농촌 산기슭에 있고 119를 부르는 것도 문제가 있었다. 집 아이들에게 연락하여 차를 갖고 오라고 하였다.

몸은 점점 차가워지고 몸을 움직일 수도 있게 되어 몸을 굴리고 밀며 일어나 계단에 걸터앉았다. 다음다음 날이 설이라 차례 거리를 양손에 들고 3층 돌계단을 내려오다 아찔하며 돌계단에서 넘어졌던 것이다. 한겨울이라 두꺼운 반코트를 입고 두꺼운 털모자를 쓰고 있어서 다행히 다리와 머리는 별 상처는 없는 듯하였다.

외진 산중에서 고립된 생활을 하다 보니 택시 잡을 수도 없고 인적도 드물어 이웃 동네 사람조차 무섭지 않느냐고 묻곤 하였다. 사고나 발병이 우려되긴 하였으나 나 스스로 나 한사람은 추스를 수 있다 생각하던 터였다. 그러한 것이 화근이 되었던 것이다.

제정신으로 돌아오고 몸도 움직일 수 있게 되자 1층으로 내려가 구조대를 위해 현관문을 열어두었다. 오른팔이 퉁퉁 부어올랐다. 오전에 SOS를 보냈지만 가족들의 사정이 여의치 못하여 아내가 먼저 도착하고 차를 사용할 수 있는 막내가 오후4시 가까이 되어서야 서둘러 달려왔다. 토요일이고 연말이어서 집 인근 병원에 갈 수가 없어 서울 강남 Y대 병원 응급실로 달려갔다. 응급실은 연말이라 그러한지 환자와 보호자들로 법석거렸다. 접수 후 30분이 지나서야 내 차례가 되었다. 엑스레이를 찍고 한동안 기다린 후 병상을 배정 받아 치료받게 되었다. 의사는 오른팔 두 개의 뼈가 골절되고 손목 위쪽이 찢어졌다고 하였다. 먼저 열상치료부터 하자 하였다. 별 통증이나 피가 흐르는 것 같지 않아 몰랐는데 손목 바로 위 오른팔에 깊이 있게 파인 상처가 있어 안팎으로 봉합해야 한다 하였다. 나는 흉터가 나지 않게 해 달라하니 상처가 단순치 않아 흉터는 남을 것이라 하였다. 병상에 앉아 열상을 봉합한 뒤 골절된 뼈를 맞춰야 한다 하였다. 그리고 이삼십 대 젊은 의사 둘이 양쪽에서 골절된 팔을 잡아 당겼다. 어찌나 통증이 심한지 나도 모르게 아~하고 소리를 질렀다. 대상포진도 앓아보았지만 그보다 훨씬 더 아팠다. 통퉁 부은 팔을 양쪽에서 당기는 것만이 아니고 다시 꺾기도 하였다. 아내까지 와서 손을 잡아 달라하여 셋이서 당기고 꺾고 하여 골절부위를 맞추었다. 더 이상 참을 수 없어 차라리 죽는 것이 낫겠다고 생각할 때쯤 뼈 맞추기는 끝났다. 뼈 맞춘 부위에 CT 촬영을 한 후 뼈는 잘 맞추어졌다 하였다. 그러나 뼈 조각이 여기저기 흩어져 수술이 불가피하다 하였다. 수술 준비가 다 될 즈음 전공의들이 나이 문제를 제기하며 수술여부는 외래로 넘긴다고 하였다. 나는 기브스를 한 채 집으로 돌아왔다.

집으로 돌아와 소염진통제와 항생제를 먹었으나 통증이 심하여 편의점에서 다른 진통제를 사다 더 먹었다. 그래도 잠을 잘 수 없어 침대와 거실을 왔다 갔다 하며 밤잠을 설쳤다. 내 평생 처음으로 골절상을 당하여 이 같은 고생을 하게 된 것이다. 나 한 사람 사고를 당했으나 온 가족이 동원되고 모든 가족이 자기 일을 제대로 못하게 되어 한 가족의 사고가 되었다. 어쩔 수 없이 여러 날 두문불출하고 칩거하게 되니 나 자신을 돌아보는 계기가 되었다. 많은 생각이 스치고 지나갔다. 그 동안 나는 많은 의욕과 계획으로 바쁘게 살아왔다. 내 몸을 과신하고 함부로 하였다. 평생 이런 사고를 당해 본 적이 없어 조심하지 않았다. 뒤늦게 깨달았다. 무리하면 안 된다는 것을, 욕심을 버려야 한다는 것을. 그리고 만사를 서두르지 말고 천천히 하자고 마음먹었다. 지난날을 성찰하며 수십 년을 즐겨온 취미인 스키 타기도 끝을 내기로 하였다. 전에는 스키를 타다 넘어지고 뒹굴어도 별 문제없었으나 이제는 다를 것 같았다. 지금껏 살아온 생활태도와는 다른 방식으로 살지 않으면 안 될 것 같은 생각이 들었다. 내가 사고를 당한 원인과 이유를 분석해 보니 주요인은 내가 나이를 의식하지 못하고 노인이란 생각을 하지 않았다는 것이다. 내 나이 황혼에 이르렀으나 아직도 4,50대, 나아가 2,30대로 착각하고 청장년처럼 생활을 해 온 것이다. 아직도 마음만큼은 그러한 것이다.

내가 사고를 당한 나의 치명적인 실수는 내가 노인이란 사실을 인정하지 않고 내 나이를 의식하지 못하였다는 것이다.

풍년이 걱정된다

종래 농민의 소원은 풍년이었다. 농민뿐만 아니라 온 국민이 풍년을 염원하였다. 국가는 더욱 그러하였다. 농산물은 대개 생활필수품으로 충분한 공급이 국민의 생계, 물가를 안정시키고 국민들의 경제생활에 크게 도움을 주었기 때문이다. 비가 부족하거나 태풍이 불어 흉년이 들면 농작물의 생산량이 감소하여 물가가 오르고 살기 어려워지고 심지어 굶어 죽는 사람이 생겨나기도 하였다. 주곡인 쌀은 물론이고 채소 등도 국민 생활에 지대한 영향을 미쳤다. 어느 해에는 고추가 흉작으로 생산량이 감소하여 고추파동을 일으키기도 하였다. 고추는 기호식품이라 별 영향이 없을 듯도 하지만 김장철에 고추가 부족하니 난리가 난 것이다. 정부는 부랴부랴 고추를 외국에서 긴급 수입하여 가까스로 민심을 진정시킬 수 있었다. 흉년이 들면 민심이 흉흉해지고 피폐해지기까지 한다. 그러하니 농업은 인간이 살아가는 큰 근본이 된다하여 농자천하지대본農者天下之大本이라 하였다. 국가는 농업을 관리하고 농업정책을 수립하기 위하여 농림부(현

농림축산식품부)를 정부의 한 부서로 두어 왔다. 과거 농업정책은 주로 생산증대에 치중되어 있었다. 비가 안 오면 흉년이 든다고 온 나라가 큰 걱정을 하였다. 비가 안 올 때에는 농사가 걱정이 되어 기우제를 지내기도 하고 풍년이 들게 해 달라고 풍년 기원제를 지내기도 하였다. 또한 풍년이 든 경우에는 농민들은 들판이건 동네건 「농자천하지대본」이란 깃대를 앞세우고 농악대와 같이 돌아다니며 풍년을 기뻐하고 즐기며 축제를 지내기도 하였다. 풍년이 들면 나라가 태평하고 먹고 살기 좋은 호시절이 된다하였다.

그러나 이제는 풍년을 걱정하게 되었다. 상황이 크게 달라졌다. 과유불급過猶不及인가. 풍년이 들어 생산이 증가하자 가격이 폭락하여 농가의 걱정이 이만저만이 아니다. 흉년만 걱정하던 것이 이제는 풍년도 걱정하게 된 것이다. 풍년이 두렵게 된 것이다.

최근 양파, 마늘이 풍년으로 가격이 폭락하고 있다. 동네 슈퍼에서는 양파판매대를 들여다보기만 해도 슈퍼 관리인이 쫓아와 양파 망을 들어 보이며 싸다고 한다. 주산지마다 팔지 못하고 쌓아둔 양파, 마늘 때문에 골머리를 앓고 있다 한다. 출하가 안되니 보관하기도 어렵고 비용도 발생하게 되는 것이다.

양파는 작년보다 재배면적은 17% 줄었지만 생산량은 22%나 증가하였다. 그리하여 금년도 가격은 지난해의 60% 수준에 머무를 것으로 예측하고 있다. 양파 농가는 정부대책도 믿을 수 없고 어떤 농사를 지어야 할지 모르겠다고 한숨을 쉰다.

　오늘날 정부의 농업정책은 생산 증대보다는 수급 조절과 가격 안정화에 더욱 신경을 쓰고 있다. 과거에는 기상에 따른 작황변화가 농업생산에 절대적이었지만 이제는 과학영농과 농업기술, 수입 자유화 등에 따라 농산물 공급량은 큰 불안요인이 되지 않는다. 다만 농작물 가격이 불안정하게 되는 것이 걱정거리가 된다. 풍년으로 양파 가격이 하락하자 정부는 수급안정대책을 세워 정부 수매량을 증대시키고 있다. 그러나 가격은 좀처럼 안정되지 않고 농민은 풍년이 즐겁지 않은 것이다. 풍년은 이제 과잉생산, 과잉공급 및 가격폭락을 초래하고 농민들의 근심 걱정거리가 되는 것이다.

　과거 풍년이 들면 한 해가 즐겁고 행복하였다. 풍년이 들면 살림도 넉넉해지고 집안의 대사도 치렀다. 인심도 좋아지고 풍년의 문화도 있었던 것이다. 그러나 이제는 모두 옛이야기가 되고 추억이 되어 가는 것이다. 경제문제를 떠나 정서 문화상 그것이 아쉽다. 풍년이 즐겁고 행복하던 그 시절이 그리워진다.

이장의 태양광 농사

노인은 서럽다. 돈이 없는 농촌 노인은 더욱 서럽다. 건너 동네 이장의 구부정한 허리에 연륜이 흐른다. 주머니에는 돈은 없고 약 봉투만 넘쳐난다. 지난 늦가을 헛간 위의 호박을 따다가 까치발한 의자에서 넘어져 다리 골절상을 입은 이후 폭삭 늙었다. 힘도 못 쓴다. 골절상 치료비 때문에 여러 사람에게 돈도 빌렸다. 만만치 않은 농사가 몸이 시원치 않으니 별별 생각을 다 하게 된다. 그 중에 하나가 태양광 농사다. 한때는 지역 농협의 대의원도 하였고 면에서 일한 적도 있는 관계로 우리나라 농업과 농촌을 생각한다는 축에 들어 더욱 고민이 깊어진 듯하다.

우리나라 농촌에 가 보면 전국 어디에서나 태양광 시설을 볼 수 있다. 태양광 발전소는 농가의 지붕 위뿐만 아니라 창고 위나 산에도 있고 밭에도 있다. 밭에 있는 태양광 발전소는 농작물을 재배하는 농지 위에 태양광시설을 한 것이다. 밭에서 태양광 발전으로 소득을 올린다 하여 태양광 농사라 한다. 나이 많은 노인이 농사일을 하는 농가에 있어서는 더욱 작물 재배의 어려움 없이 태양광 발전으로 매월 소득을 올리게 되니 솔깃함직하다. 또한 태양광 사업자가 되니 노인의 생계 대책이 될 수 있고 사장 소리를 들을 수도 있다. 문제는 전답에 작물 재배 대신 태양광시설을 하여 농업 생산량과 농지가 감소된다는 데 있다. 그뿐만 아니라 경우에 따라서는 태양광에서 나오는 납, 카드뮴, 크롬 등 중금속으로 인하여 환경이 오염될 수 있다는 우려도 있다. 따라서 장기적인 안목에서 볼 때 앞으로 계속 전답에 태양광시설을 설치하게 된다면 어떤 문제가 발생할 것인지에 대한 문제의식을 갖게 한다. 이장은 이러한 것도 생각하며 태양광시설의 가능성에 대하여 구체적으로 알아본다.

우리나라의 태양광 발전은 현재 정부의 신재생에너지 정책, 탈 원전 정책에 부응한 대안으로 각광을 받고 있다. 신재생에너지, 친환경에너지로는 석탄을 연료로 하는 화력발전의 대기오염과 수력발전의 한계를 극복하기 위한 태양광 발전 뿐만 아니라 조력이나 풍력발전 등이 있다. 우리나라 농촌에서는 여건상 태양광발전이 손쉽고 널리 장려되고 있다. 정부는 신재생에너지, 친환경에너지 정책의 하나로 구분에 따라 태양광 발전에 대한 융자금 혜택이나 시설비지원 등의 제도도 시행하고 있다.

태양광 발전은 자가 수요를 위한 자가용과 발전 사업을 위한 영업용으로 구분된다. 정부는 특히 자가 수요를 위한 자가발전에 여러 혜택과 지원을 하고 있다. 따라서 태양광 발전은 자가 용인 경우 적은 비용을 투자하여 전기료 부담을 면할 수 있게 되고 사업용인 경우에는 매월 정기적으로 수입이 들어오는 사업 소득이 있게 된다. 이장은 도수치료 받으며 이참에 농사 작파하고 사업용 태양광으로 인생 전환하는 문제를 알아보는 것이다.

농촌의 경우에는 농촌 태양광 사업 운영을 위한 시설자금 융자 지원을 비롯하여 신재생에너지 공급인증서(REC) 판매 우대, 신재생에너지 공급인증서 가중치 우대 등의 지원을 받을 수도 있다. 농촌에 거주하며 자기 농토에서 농업을 하는 농민은 자기 자금 없이도 저리융자를 통해 태양광 시설을 할 수 있는 방법도 있으니 태양광 발전 사업은 그리 어려운 문제가 아니다. 따라서 농촌의 태양광시설은 특별한 변화가 없는 한 계속 증대될 것으로 예상된다. 그러나 농지 위의 태양광시설은 농지의 감소, 환경오염 등의 문제로 이어질 수 있으니 개인의 문제를 떠나 나라의 농업과 농촌을 생각한다면 적극 장려하고 지원할 일만도 아닌 듯하다.

결국 태양광 시설은 농가의 지붕 위나 농업용 창고, 축사 등의 지붕 위에 설치함이 바람직하고 전답 등 농지에 설치하는 것은 신중하여야 할 것이라는 결론에 이른다. 더불어 농지 감소 없이 농지에 태양광시설을 할 수 있는 방안이 마련되어야 한다는 생각을 한다. 작물의 종류 선택이나 농업기술 개발 그리고 태양광 시설의 기술개발에 의하여 농업도 하고 태양광 발전 사업도 병행할 수 있는 방안이 강구됨이 바람직하다. 그리할 때 농지의 감소 없이 농가는 이중의 소득을 올릴 수 있고 태양광 발전량도 증가될 것이다. 특히 농민의 고령화에 따른 안전하고 안정적인 농가 소득향상을 위하여 농업기술개발과 태양광발전기술 개발이 시급해 보인다. 노인이 영농인과 태양광발전 사업자를 겸하게 될 때 노인 농민으로서의 복지도 향상되게 될 것이다.

이장은 인생의 황혼기에서 병 치료를 하며 태양광 농사와 농촌 그리고 나라를 이리저리 생각하게 되고 자신의 농지관리에 머리가 복잡해진다.

자연 친화의 고민

농가주택을 지으며 친환경, 친자연적인 숲속의 집을 짓고자
하였다. 풀, 나무, 새 등 동식물과 가족처럼 함께 사는 꿈을 꾸
었다. 자연 속에서 자연스런 삶을 살고자 한 것이다. 미시간 대
학 기숙사에 한 달여 머물며 기숙사 건물 뒤 숲과 숲길 그리고
새와 다람쥐와 함께 생활하면서 재미있고 즐거웠던 기억이 떠나
질 않았기 때문이다. 숙소 창가 가까이 온갖 새들이 말을 걸어
오는 듯 지저귀며 날아다녀 방안에 있어도 숲속에 있는 듯하였
다. 현관문을 나와 오솔길에 들어서면 길가에는 아름드리 고목
통나무가 썩어가는 채로 그대로 누워 있고 그 위로 다람쥐들이
돌아다녔다. 왜 썩은 고목들을 방치하느냐 물으니 자연 상태 그
대로 둔다는 것이었다. 산불이 나면 타다 남은 나무들이 그대로
있고 그 사이에 저절로 새 생명이 싹 트고 자라도록 그대로 두
었다. 자연은 자연스럽게 놔두어야 저절로 순환이 된다. 인위적
으로 자연을 가꾸지 않고 자연 상태를 그대로 보존하고자 하는
것이 인상적이었기 때문이기도 하다. 환경보존이란 이런 것이구

나 하는 생각이 들었다.

  그리하여 20년이 넘는 두 그루의 큰 단풍나무 사이에 건물을 올리게 되었다. 집 앞과 뒤에 큰 나무가 있고 집 주변의 나무들을 베어내지 않으니 숲속의 집이 완공된 것이다. 나무 사이에 집이 있으니 창문을 열면 나뭇가지와 나뭇잎이 손에 잡히고 나뭇가지 위로 다람쥐와 청설모가 오르내렸다. 가끔은 창문의 방충망까지 올라와 창문 안을 들여다보기도 하고 자기 좀 보아 달라는 듯 방충망을 발톱으로 긁기도 하였다. 때때로 박새나 참새 등도 집 안으로 날아 들어오기도 하고 나비와 잠자리가 거실과 마루를 휘젓고 날아다녔다. 여름이 깊어 가면 매미나 쓰르라미가 창가 나뭇가지에 앉아 같이 놀자는 듯 한참을 목청껏 울어대었다. 또한 겨울이면 고라니가 먹이를 찾아 주차장으로 들어오고 봄이면 양지바른 앞마당에서 짝을 기다리기도 하였다. 집을 지을 때 생각하였던 대로 자연친화적인 시골스런 숲속의 집에서 생활하게 되니 불편한 점도 있지만 재밌고 즐거웠다.

  그러나 몇 년이 지나면서 고민이 생기기 시작했다. 큰 나무가 우거지니 햇볕이 집에 들어오는 것을 차단하고 습하게 되었다. 낮에도 어두워 불을 켜야 하고 나무에 가리어 앞이 보이지 않아 답답하게 된 것이다. 나뭇가지도 자라 창문 방충망을 뚫고 방안으로 들어오려 하였다. 얼마 전에는 벌 한 마리가 거실에 들어와 밖으로 나가라고 문을 열어 놓았더니 박새 두 마리가 들어와 집안을 휘젓고 돌아다녔다. 쫓아 다니며 밖으로 내보내려 해도 높이 날아 어쩔 수 없었다. 그 사이에 한 마리가 더 들어와 거실과 마루는 새 세상이 되었다. 새똥을 싸기도 하고 푸드덕거리며 날아다니니 깃털이 떨어지고 앉아 있기가 어려웠다. 자연친화적인 주택은 생각을 달리해야 하는 고민을 하도록 하였다. 앞 뒤 나무를 베어내면 훤하니 전망도 좋고 해도 잘 들어올 것이다. 그러나 그건 안 될 일이다. 나무를 베어내지 않더라도 가지를 많이 쳐주면 앞이 많이 보일 듯하고 햇살도 많이 들어올 듯하였다. 그러나 나무의 팔이 잘려나가고 나무 모양새도 볼품없게 될 것이다. 집을 지을 때 그 나무를 생각하여 지은 집인데 이제 와서는 그 나무를 쳐내야 한단 말인가 하는 생각이 드는 것이다.

어디 그뿐인가. 안 창문과 바깥 창문 사이에 말벌이 집을 지었다. 어른 손가락만한 말벌들이 윙윙거리니 적지 아니 공포심을 느낄 수밖에 없다. 사람의 생명과도 직결되는 문제이니 그대로 방치할 수 없었다. 딸은 119에 연락해서 벌집 제거해 달라고 해야 한다고 하였다. 아내는 벌레 잡는 스프레이를 뿌리자고 하였다. 일단 며칠 고민해 보기로 한다.

또한 태양광 발전을 위해 지붕 위에 태양광 판넬을 설치하였더니 나무에 가려 일조량이 적어져 발전량이 감소하는 것이다. 40년 이상 된 큰 나무를 베어내야 한다고 하였다. 태양광 발전량을 증가시키자면 나무를 잘라내야 하고 나무를 살리자면 태양광 발전량 감소를 감수하여야 한다. 수입과 직결되는 문제가 생긴 것이다. 나무를 살리느냐 집을 살리느냐하는 문제는 의외로 쉽게 해결되지 않았다. 다만 창문의 방충망을 뚫고 들어오는 것은 급한 대로 나뭇가지 끝부분은 조금 꺾을 수밖에 없었다. 그러나 근본적인 문제는 해결하지 못하였다. 무슨 대단한 환경운동가나 자연보호가가 아닌데도 집을 살리느냐 나무를 살리느냐 하는 고민을 수년째 계속하고 있다.

진보의 두 얼굴

산등성이를 붉게 물들이는 저녁노을을 바라보며 삶과 죽음의 가치를 생각한다. 그리고 살아서 죽고 죽어서 사는 인생을 떠올려본다. 바람직한 삶이란 어떤 것인지 머리가 복잡해진다.

최근 진보인사라고 알려진 두 거물급 인물이 동시에 매스컴의 조명을 받았다. 한 사람은 입법부 인사였고 다른 한사람은 사법부 인사였다. 입법부 인사는 친북좌파라고 알려진 진보정당의 중진급 국회의원이었고 다른 한 사람은 민주사회를 위한 모 단체의 회장을 역임한 대법관이었다. 모두 노농분야에 정통하고 인품이 좋은 정의파로 평가되던 인물이었다.

그 국회의원은 5천만 원 불법정치자금을 수수한 혐의가 있어 특검의 수사 대상이었고 그 대법관은 변호사에서 대법관 후보로 국회 청문회 대상이었다. 그 국회의원은 검찰의 소환통지를 받지도 않았지만 불법정치자금 수수에 대하여 매스컴과 여론에 이름이 오르내리고 수사대상이라는 것이 부담스러운 상황에서 유서를 써 놓고 아파트에서 투신자살하였다.

대법관 후보는 청문회에서 실정법을 위반한 2건의 부동산 다운계약서 작성과 탈세 및 위장전입혐의 등으로 문제가 되었다. 그 외 참여정부 시절 청와대 비서관을 지낸 경력과 청와대 퇴직 후의 낙하산 인사 혜택 등으로 야당으로부터 정치적 중립성뿐만 아니라 능력, 자질, 도덕성 등에서 모두 부적합하여 자진사퇴해야 한다는 압박을 받았다. 그 후보는 다운계약서 작성사실을 시인하며 당시 일반적인 관행이었다고 변명하였다. 대법관이 아닌 일반인이라면 그 변명은 통할 수 있었을지 모른다. 그러나 법을 집행하는 사람에게 실정법을 위반한 사실이 의미가 있는 것이지 일반관행이 더 중요한 것은 아닐 것이다. 솔직하게 사과하는 것이 양심 있는 인간의 태도였을 것이다. 국회청문회 찬반투표에서는 반대표가 많이 나왔지만 찬성표가 더 많이 나와 문제가 없었던 다른 두 남녀 후보와 함께 국회 통과되고 대법관에 취임하였다.

　두 사람 모두 진보, 민주세력으로 그 진영을 대표하는 탁월한 엘리트로 평가되던 인물이었다. 그러나 한 사람은 사망으로 다른 한 사람은 영전으로 명암이 갈렸다. 그 국회위원은 돈은 4천만 원 받은 바 있지만 청탁은 받은 바 없다고 하며 돈 받은 사실을 시인하고 잘못한 것이었다고 고백하였다. 그리고 그 잘못을 죽음으로 속죄하였다. 또한 자기는 여기서 멈추지만 자기가 사랑하는 소속정당은 계속 나아가기 바란다는 유언도 남겼다. 대학졸업 후 노동운동을 하며 온갖 시련과 역경을 겪고 이제 안정권에 들어서 집안이 살 만해졌음에도 정치자금에 관련된 실정법 위반자가 된 자신을 용서하지 못하고 인생을 마감한 것이다.

　수억 원의 불법정치자금이나 고액의 뇌물을 받고도 뻔뻔스러운 것이 우리의 정치판이요 우리의 현실이다. 그에 비춰 볼 때 그 의원의 자살은 지나치게 자신에 엄격하였다는 평가와 더불어 애석함을 금할 수 없게 한다. 우리나라의 정치판이 아직까지는 평균 이상 도덕적이거나 윤리적이고 정의롭다고 생각하는 사람은 많지 않다. 그 국회의원은 젊은 날에는 저항세력으로 고생을 하고 그 후는 진보 정치인으로 청렴하고 검소하다고 평가받던 인물이었다. 자기 기준으로 보았을 때 자기의 금전수수는 용서할 수 없는 범죄요 비리며 자신의 청렴성 이미지를 해하였다고 판단한 것으로 생각된다.

　반면 우리 사회는 사법부 인사에 대하여는 엄격한 준법과 도덕, 윤리를 요구한다. 실정법을 기초로 법을 적용하는 기관이고 우리사회의 질서와 안전을 담당하는 기관으로 솔선수범을 기대하기 때문일 것이다. 더욱이 법관은 법과 양심에 따라 재판하는 사람이기에 대법관 후보에게 요구하고 기대하는 법과 양심의 기준은 더욱 엄격하다 아니할 수 없다. 그러나 엄격한 기준을 요구하지 않는 정치인은 자신을 용서하지 못하고 스스로 죽음을 택하였고 엄격한 기준이 요구되는 대법관 후보는 철면피한 뻔뻔함으로 국회청문회 관문을 통과하고 대법관에 올랐다.

진보를 내세우는 한 사람은 어려운 인생여정을 달려와 인생의 절정기를 맞이하였지만 실정법 위반 사실을 자성하며 죽음으로 속죄하고 다른 한 사람은 노동, 인권변호사로 탈세, 위장전입 등 실정법을 위반하며 상류사회에서 영악하게 일가를 융성하게 하고 입신양명한 것이다.

　그 후 두 사람의 영향과 파장은 크게 달리 나타났다. 그 국회의원은 사망 후 허름한 이발소 단골손님이라는 것까지 알려지며 실제 청렴하고 검소한 정치인, 양심적인 정치인으로 재평가를 받고 추앙을 받았다. 장례식장과 영결식장에는 지인이나 관계자 외에도 일반시민들이 조문하고 추모하였다. 또한 전국의 수많은 국민들이 그의 죽음을 애석해하였다. 그리고 그의 사망과 동시에 용공좌파정당이라고 인식되며 5%내외의 낮은 지지를 받던 그의 소속정당은 양심 있고 검소한 정치인 그리고 노동운동을 한 그의 경력이 부각되면서 단숨에 12%대로 지지율이 상승되더니 15%선까지 치고 올라갔다. 나아가 마이너정당에서 메이저정당으로 평가되었다. 그 의원의 사망과 그가 소속된 정당의 지지율 상승이 상당 인과관계에 있느냐는 것은 조사해 보아야 알겠지만 시기적으로 그 같은 현상이 나타난 것만은 부인할 수 없다.

　대법관으로 영전한 진보인사의 다운계약서 작성은 실정법 위반이지만 당시 일반적인 관례였다는 주장은 구차한 변명에 불과하였다. 그 당시에도 사실대로 계약서를 작성한 사람들이 많았고 그것이 원칙이었다. 그는 그 같은 사건을 판결할 땐 어떻게 할 것이냐는 등 비판적 여론에 직면하게 되었다. 그리고 그가 소속된 대법원은 공교롭게도 취임 후 상고법원 신설이나 강제징용재판 등의 재판 거래 의혹으로 검찰의 조사를 받는 등 법원의 신뢰 실추는 물론 사법부의 비리 등으로 곤욕을 치르게 되었다.

정치성이 강한 비도적적 진보인사의 대법관 취임과 더불어 뜻하지 않게 대법원은 정부상대 로비의혹, 법관 사찰, 사법행정권 남용 등의 의혹으로 검찰의 압수 수색도 받았다. 더욱이 부장판사가 검찰에 소환되어 조사를 받는 등 사법부의 권위와 신뢰, 독립을 걱정하게 하고 국민의 마음을 아프게 하였다.

한 사람은 집안형편은 개선하지 못하였으나 겉과 속이 같은 사람으로 영원히 존경을 받게 되었고 다른 한 사람은 집안은 성공적으로 관리하였으나 겉과 속이 다른 이중인격자로 비판과 주목을 받게 되었다. 의원 한 사람의 죽음과 동시에 그 소속정당은 물론 싸움질이나 한다며 평가절하되어 가던 국회는 관심권에서 재인식되며 살아나는 형세이다. 반면 큰 문제없이 삼권분립의 한 축을 담당하던 사법부는 청와대에서 비서관으로 근무하고 비도덕적 이중인격자라는 대통령 측근 인사 한 사람의 대법원 입성과 동시에 사법부 독립성과 신뢰성의 문제로 평가절하 되게 된 것이다.

결국 한 사람은 죽어서 살고 다른 한 사람은 살아서 죽게 되었

다. 당초 인품과 자질이 양호하다는 평가를 받던 진보의 두 얼굴
은 이렇듯 서로 다른 모습과 행보로 그 파급효과나 귀추를 주목
하게 하고 우리 인생을 반추토록 한다.

명품

명품에 대한 인기는 예나 지금이나 다르지 않다. 오히려 점점 더하는 듯하다. 남자보다는 여자가 더욱 관심을 가지고 선호한다. 어른은 물론 어린 학생들까지도 명품을 찾는다. 경기는 나쁘다고 하고 장사가 안 되어 문 닫는 가게는 늘어나도 명품의 수요는 별 영향이 없다한다. 명품 핸드백 한정판을 사기 위해 새벽부터 줄을 서서 기다리는 소비자들에 대한 뉴스가 텔레비전에서 보도되었다. 명품 핸드백에 대한 소비는 우리나라가 세계4위라고 한다. 우리나라 소비자들이 유난스럽게 명품에 열광하는 듯하다. 특히 혼사 시에는 예물로 무엇보다도 명품 핸드백이나 시계 등이 손꼽히고 있다. 이는 상대방에 대한 예우의 의미가 있는 듯도 하다. 어떤 경우에는 신랑신부 측 일방이 상대방에게 명품목록을 적어주며 그것을 갖고 오라고 하는 경우도 있다 한다. 명품에 대한 인기가 많다 보니 핸드백이나 옷은 물론 시계, 보석, 구두를 비롯하여 각종 액세서리 등 모든 물건에 명품이 다 있다고 할 정도이다. 적지 않은 사람들이 발에서 머리까지 명품으로 치장하고 싶어 한다.

　명품에 열광하다 보니 명품을 갖기 위해 절도 등 범죄도 마다하지 않는다. 명품 방한복을 입은 학생을 때리고 그 옷을 빼앗아 입는 사건이 종종 발생되기도 한다. 문제아도 아니었지만 명품 옷을 갖고 싶어 아버지의 지갑에 손을 대는 학생들도 있다. 명품이 인기가 있으니 소위 짝퉁이라고 하는 가짜 명품도 널리 거래되고 있다.

　명품이란 세계적으로 명성을 얻고 있는 고가의 제품이다. 주로 고가의 유명 브랜드 제품을 말한다. 좋은 물건, 고급 제품이라 할 수 있다. 소비자들이 좋은 물건, 고급 제품을 선호하는 것은 당연하다. 고장이 자주 나는 조악한 나쁜 물건보다는 좋은 물건, 저급품보다는 고급품을 사용하고자 하는 것은 경제적이고 유익하기도 하다. 좋은 물건은 국제경쟁력 특히 품질경쟁력이 강한제품이라 할 수 있지만 명품은 그런 측면에서 파악되는 경우는 드물다. 명품은 좋은 제품, 고급제품의 동의어가 아니다. 명품은 주로 브랜드 인지도 높은 고가의 제품을 말한다. 루이뷔통, 에르메스, 샤넬 같은 브랜드는 일반적으로 널리 알려진 세계적 명품 브랜드이다. 그러한 명품들은 보통 사치품으로 분류된다. 요즈음은 중고 명품까지도 인기가 많고 고가에 거래가 되어 재테크의 하나로 명품에 투자하기도 한다.

　명품에 열광하고 명품으로 치장하고자 하는 사람들에게는 자신을 과시하고 돋보이고 싶거나 남에게 인정받고자 하는 심리가 잠재되어 있기도 하다. 때로는 예술성 내지 문화성에 반하거나 남들이 명품, 명품 하니까 별 생각 없이 덩달아 명품에 관심을 가지고, 갖고 싶어 하는 경우도 있다.

명품을 가지고 다니는 사람에게, 있어 보인다 하고 부티난다고 말하는 사람은 있으나 명품으로 치장한다고 존경스럽다거나 품위 있어 보인다는 말은 들어보지 못하였다. 명품은 특히 어렵게 사는 사람들이나 명품 살 돈이 없는 사람들이 더욱 갖고 싶어 하고 사고 싶어 하는 듯하다. 언제든지 마음만 먹으면 살 수 있는 사람들은 명품에 크게 연연해하지 않는 듯하다. 고 정주영 현대그룹 회장이 명품을 좋아했다는 말은 들어보지 못하였다. 그는 오히려 양복이나 양말 구두 등 싸고 낡은 것을 입고, 신고 다녔다 한다. 그에게는 명품은 관심의 대상이 아니었을 것이다. 사업에 몰두하고 자기가 좋아하는 것에 관심을 갖다보니 그러한 것이 더욱 중요하고 명품은 그에게 중요한 것이 아니었을 것이다.

사람에게는 자기가 몰두하고 추구하는 것이 있다. 사업에 몰두하는 경우도 있고 취미생활에 몰두하는 경우도 있다. 사진작가 등 사진촬영에 취미가 있는 사람은 사진과 카메라에 관심이 많고 그것에 신경을 많이 쓴다. 또한 그러한 것에 지출을 많이 한다. 사진촬영기법이나 촬영장소, 사진전, 동호회, 사진촬영에 적합한 카메라 등의 정보에 귀 기울이고 신경을 곤두세운다. 그리고 좋은 사진작품 만들기 위해 전력투구한다. 그림 그리기에 취미가 많은 사람은 그림 그리기와 화구, 화가, 전시회 등에 관심이 많고 그에 관련된 지출을 많이 한다. 항시 좋은 작품 만들기와 그 관련활동에 가치를 두고 그에 관심을 가지고 최선을 다한다. 시인이나 소설가 등 글을 쓰는 사람도 어느 명품이 더 좋고 가격은 얼마나 하고 어떻게 하면 가지고 다닐 수 있는지 보다는 더 좋은 작품 만들기와 문단, 문인 소식에 더 관심이 많고 그 관련 정보에 귀 기울인다.

이렇듯 할 일이나 추구하는 분야가 있는 사람은 명품에 관심 갖고 신경 쓰기보다는 자기가 추구하는 일과 목적 달성에 더욱 관심을 갖고 가치를 두고 중요하게 생각하고 몰두하는 것이다.

자기 일에 몰두하고 특히 많이 좋아하는 사람을 그 분야의 미치광이라 하여 ○○광狂이라거나 ○○마니아라고 한다. 그러한 사람들은 추구하는 목적이나 목표가 분명하고 그것을 성취하기 위해 전심전력을 다한다. 명품 인생이라 할 수 있다.

명품 인생은 곁에서 보기에도 아름답다. 보다 좋은 그림을 그리고, 보다 좋은 서예를 위해 무더위에도 땀 흘려 가며 그림 그리고 붓글씨를 쓰는 사람을 보면 존경스럽기까지 하다.

명품 갖고 다니는 것을 자랑스러워하거나 그것에 열광하고 그것으로 치장하고자 하는 사람은 달리 추구하는 것이 없는 사람이 많다. 자랑스러워 할 것이 없거나 남에게 인정받을 만한 것이 없는 사람, 전심전력하여 추구하는 것이 없는 사람은 명품에 관심이 많고 그것에 열광하기 일쑤다. 특히 명품 중에서도 한정판에 더욱 열광한다. 남이 못 가진 것을 갖고 다닌다는 데 긍지와 자부심을 느끼고 자랑스러워한다. 한정판을 갖고자 애를 쓰고 그것을 특별히 자랑하는 사람은 대체로 달리 긍지를 느끼거나 자부심이나 자랑스러워 할 것이 없는 사람이다.

사람이 명품인 경우 명품 물건에는 별로 관심이 없는 듯하다. 자기 자신이 남에게 인정받고 존경받으며 자존감이 높은 사람은 명품 가지고 다니는 것을 자랑스럽게 생각하지 않는다. 그러한 사람은 자기 자신만으로 자체발광 하여 덧붙일 필요가 없다. 자기 자신만으로 타인으로부터 인정받고 대접을 받게 되니 명품으로 장식할 필요가 없을 것이다. 오히려 명품 인간이 값비싼 명품으로 치장할 경우 시기나 질시 또는 비난의 대상이 될 수 있을 것이다. 명품 인간은 그러한 것도 의식하는 것이다.

명품으로 치장한다고 명품 인간이 되고 명품 인생이 되지 않는다. 명품에 열광하고 명품으로 치장하기에 신경 쓰기보다는 자기 자신을 명품으로 만들거나 가치 있는 일을 추구하는 것이 훨씬 바람직할 것이다.

지인이 여식이 결혼을 하며 명품을 가져가야 한다고 말을 하니 고민스럽다고 말하여 자기 자신이 명품이고 목표 달성을 추구하며 열심히 일하는 명품인생인데 그 이상 무슨 명품이 필요하겠느냐고 말해주었다.

명품에 관심 갖고 명품에 열광하기보다 추구하는 일이 있고 그것을 성취하고자 전력투구하는 열정적인 명품 인생을 많이 만나보면 좋겠다.

공항 보안검사 에피소드 2

(1) 밀크로션 적발과 처리

여행에는 언제나 설렘이 있다. 해외여행의 경우에는 더욱 그러하다. 설렘은 공연히 마음을 들뜨게 하기도 한다. 또한 들뜬 마음은 가끔 실수를 유발하거나 문제를 야기 시키기도 한다.

어떤 수필가단체의 해외문학기행단의 일원으로 인천공항에서 이태리로 떠나기 직전의 일이다. 항공권을 발급받고 짐도 부치고 집행부가 나누어준 명찰을 목에 걸고 세관검사를 받게 될 때였다. 문우 일행과 나란히 줄을 서서 검색기를 통과하였는데 지켜보던 남자세관원은 내 배낭만 열어보라는 것이었다. 다소 의아하게 생각하며 배낭의 지퍼를 열었다. 먼저 세면도구 주머니가 튀어나왔다. 세관원은 그 속에서 튜브로 된 흰색 밀크로션을 꺼내며 이것은 안 된다고 하였다. 내가 여행 중에 바를 화장품이라고 말하였지만 그것은 기내에 휴대 반입할 수 없는 물건이라 하였다. 여행용 가방을 정리하는 날 막내딸이 여행 중에 바르라고 새로 사준 로션이었다. 그 정도는 괜찮을 것이라고 생각하여 쉽게 꺼내 쓸 수 있도록 배낭 속에 넣은 것이 화근이었다. 내가 한 번도 쓰지 않은 새것이라 하니 그는 항공사 짐 부친 곳에 가서 수화물로 부치라며 나가는 길을 안내하여 주었다. 나는 서둘러 세관검사장을 빠져나와 항공사로 달려갔다. 그러나 항공권을 주고 수화물을 부쳐주던 항공사 직원들은 발권이 끝나 철수하고 없었다. 하는 수 없이 밀크로션을 가지고 돌아와 세관원에게 사실대로 말하였다. 내가 한국관세학회장을 역임하고 관세청의 고위직이나 세관장을 알고 있기도 하지만 그런 말을 하고 싶지는 않았다. 세관원은 내 명찰을 보고 범죄형 인간은 아니라고 판단하였는지 여행 중에 바를 만큼은 가져가라 하였다. 내가 당장 담을 것이 없어 난감해 하자 그는 어디서 비닐 봉투를 하나 구해와 그 속에 튜브를 짜서 로션을 담아 주었다. 다소 불쾌하기도 하였지만 세관원의 친절과 배려에 마음이 누그러졌다. 미국의 9.11 항공기테러 이후 보안검사가 강화되어 비행기 탑승객들의 불편이 이만저만이 아니다. 특히 미국을 여행하는 경우에는 소지품 검사로 칼이나 액체 등 위험물 검사는 물론 바지 주머니 검사와 모자와 저고리 및 바지 혁대, 신발까지 벗게 한다. 더욱이 검사대를 통과하고 나온 사람에게 또 두 팔을 들게 하고 스캐너로 신체 앞뒤를 샅샅이 스캔한다. 너무 철저하고 심하게 하여 보안검사의 필요성을 인정하면서도 한 번 경험 후 미국여행은 자제하고 있다. 딸이 사준 로션을 세관원에게 빼앗겨

딸에게 미안하였지만 세관원이 비닐봉투에 짜서 담아준 밀크로
션은 10여 일 여행 내내 잘도 발랐다. 당시 세관원에게 너무 한
다는 생각도 없지 않았지만 여행객의 입장까지 고려하는 세관원
의 태도에 감사하기도 하고 규정도 지키고 여행객의 입장도 배
려하는 슬기로운 공무수행에 고차원의 창조적이고 슬기로운 업
무수행이라는 감탄을 하기도 하였다.

(2) 접이식 칼의 적발과 처리

모처럼 부부 동반하여 마카오 행 비행기 탑승을 위해 세관검사
를 받을 때였다. 집사람이 먼저 검사를 끝내고 내가 검사대를 통
과할 때 여자 세관원이 나의 등산용 배낭을 보자며 지퍼를 열었
다. 무슨 일이냐고 묻자 세관원은 모니터를 가리키며 이것이 어
디 있느냐고 물었다. 모니터 상에 휴대용 접이식 칼이 삐쭉 나와
있었다. 내가 세면도구 주머니에서 그것을 꺼내 주자 그는 칼은
기내 휴대품 반입이 안 되니 짐 부친 항공사에 가서 짐으로 부치
라고 하였다. 나는 집사람에게 잠시 기다리라하고 얼른 발권항공
사에 달려가서 내 짐 속에 넣어 달라 하였다. 그는 봉투 속에 넣
어 주어야지 그대로 칼만 넣을 수는 없다고 하였다. 나는 지금 당
장은 아무 것도 없으니 그냥 발권대 속에 보관하여 달라 하였다.
그는 승객 물건을 맡을 수 없다고 거절하였다. 나는 잃어버려도
좋으니 발권테이블 밑에 귀국 시까지 며칠만 놓아달라고 사정하

였으나 그것조차 안 된다며 소포 부치는 곳에 가서 택배로 부치라는 것이었다. 그러나 그럴 시간이 없었다. 또한 그 칼은 실크로드를 여행하면서 중국에서 3000원 정도 주고 산 것이었다. 나는 탑승시간에 쫓겨 칼을 버리는 수밖에 없다고 생각하며 돌아오면서 벽면에 세워져 있는 자판기 형태의 철재용기를 발견하고 그 뒤 좁은 공간에다 슬쩍 던져 넣었다. 그리고 그 동안 해외여행하면서 과일 깎아 먹을 때 유용하게 사용한 것을 생각하며 귀국 시까지 무사하기를 바랐다. 또 한편 여행용 짐을 챙기며 접이식 칼을 무의식적으로 휴대용 배낭 속에 넣은 것을 자책하였다.

수일 후 귀국하며 접이식 칼을 숨겨둔 곳으로 가서 칼을 찾아보았다. 아무리 주변까지 찾아보아도 칼은 보이지 않았다. 혹시 위치를 잘못 알고 있나하여 그 인근 다른 곳을 찾아보았다. 좁은 공간 깊숙이 무엇이 보여 팔을 뻗어 꺼냈다. 내 칼과 비슷하였으나 유명브랜드 스위스 칼의 짝퉁 칼이었다. 누가 나와 같은 입장에서 나와 같은 생각으로 어쩔 수 없이 숨겨놓은 칼이라고 생각되었다. 사람의 생각은 다 비슷하구나 하며 나는 그 칼을 다시 원위치에 던져 놓았다. 몇 푼 안 주고 산 것이지만 그 간 정이 들어 여간 서운하지 않았다. 차라리 공항매점에 보관을 부탁해 보는 것을 시간 관계상 그러지 못한 것이 아쉬웠다. 여행 기간 내내 과일은 사 먹지 않았다. 사소한 부주의가 이러한 결과를 초래한다는 교훈을 재확인하는 계기가 되었다고 내 자신을 위로하기로 하였다

노인 대접받기와 조직 기여도

　우리 사회의 노인 문제, 고령화 문제는 어제오늘의 일이 아니다. 의학의 발달과 삶의 질의 향상 등으로 평균수명이 높아지면서 지난 2000년에 고령화 사회에 진입하더니 2017년에는 고령사회가 되었다. 2025년 이전에 우리 사회는 초고령 사회에 진입할 것이라고 전문가들은 예상하고 있다. 고령화의 진행을 65세 이상의 인구가 전체 인구의 7% 이상이면 고령화 사회, 14% 이상이면 고령사회, 20% 이상이면 초고령 사회로 분류하는 데 따른 것이다. 고령화의 속도는 빨라지고 출산율은 저조하다. 더욱이 금년도 출산율은 사상처음 1명 미만이 될 것이라고 한다. 저출산 고령화가 진행될수록 노동력은 부족해지고 사회보장비용은 증가하며 노인복지문제는 심각해진다. 특히 고독사나 황혼이혼은 증가하고 경제성장률의 하락에 영향을 미친다. 각종 문학회 등 우리 문단의 고령화에도 문제의식을 갖게 한다.

　우리 사회의 고령화 문제의 하나로 노인 대접을 들 수 있다.

제도상으로는 65세 이상의 노인에 대한 전철 등의 경로 우대가 있고 수당지급 등 노인복지가 있지만 사회에서 바라보는 노인에 대한 시선은 옛날 같지 않다. 우리 60, 70대 노인들은 우리보다 고령인 노인들에게 깍듯하게 예우하며 노인대접을 해 드린다. 그러나 젊은 세대들은 우리가 하듯 우리에게 노인 대접을 제대로 하지 않는다. 노인 공경이나 장유유서 등 유교 전통은 퇴색되어지고 능력주의, 개인주의, 합리주의는 일반화되어 가고 있다. 새로운 질서가 생겨나는 것이다. 옛날에는 나이가 양반이라는 말도 있었다. 반상사회라 하여도 나이가 많아지면 아무리 상놈이라도 나이 어린 양반은 나이를 의식하고 "할아범, ~하여주게" 하는 식으로 말하였다. 오늘날에는 나이 많은 하급자가 나이 적은 상급자로부터 하대 받고 혼나고 굽실거리는 것은 예사가 되었다. 나이보다는 지위나 능력 또는 생산성이 중시되고 우선시되는 것이다.

이러한 현실에서 노인이 대접을 받으려면 예의범절을 따지고 옛날을 들먹거리기에 앞서 스스로 대접을 받을 수 있도록 노력하는 수밖에 없다. 비록 기능이나 기동성은 젊은이에게 떨어진다 하여도 풍부한 경험이나 인품을 바탕으로 자신이 속한 조직 사회에 나름의 기여를 하도록 하는 것이다. 내가 남에게 대접해 주기를 기대하는 것이 아니라 남이 스스로 대접하도록 하는 것이다. 축구나 농구 등의 단체 스포츠에는 경기에 대한 선수 각자의 기여도, 공헌도를 따진다. 경기가 끝난 후 선수 각자의 경기력에 대한 평점을 매김에 있어 득점(골인)뿐만 아니라 득점(골인)하도록 도와준 선수에게 도움(assist)에 대한 평가도 하여준다. 그 외에도 여러 형태로 팀에 대한 기여도를 고려한다. 심지어는 경기장에서 뛰지 않고 벤치에서 쉬거나 대기하는 후보 선수의 경우에 소리 지르며 자기 팀을 응원하고 사기를 북돋아 주는 것도 팀에 대한 기여가 될 수 있다. 그리고 그러한 평가가 종합되고 누적되어 몸값(연봉, 이적료 등)으로 나타나고 인기도나 사회적 평가가 달라지기도 한다.

노인들은 노력여하에 따라 자기가 속한 조직이나 사회에서 나름의 기여를 할 수 있고 그에 대한 평가를 받을 수 있다. 노인이라고 매사에 젊은이와의 경쟁에서 경쟁력이 열위에 있는 것은 아니다.

어느 문인단체에서는 회의나 행사 등 모임에 참석한 회원들에게 출석점수를 부여하기도 하고 조직을 위해 정신적, 물질적으로 도움을 준 경우 이를 평가하기도 한다. 그리고 그러한 평점을 종합하여 문학상 수상자 선정 시에 작품평가에 추가하여 산정하기도 하고 연말에 공로상 등의 명칭으로 시상하기도 한다. 조직의 생존과 발전을 위한 방안의 하나로 이사회에서 결정한 것이라 한다. 문인의 경우 작품뿐만 아니라 문단 경력과 소속된 조직 단체에 대한 애정과 기여는 전 회원들의 잠재의식 속에도 입력되고 개인 평가로 나타나게 된다. 그리고 작품성뿐만 아니라 조직에 대한 애정도와 기여도가 높은 사람들이 회원들로부터 인정을 받고 문학상을 수상하기도 하고 조직을 이끌고 책임을 맡게 되기도 한다. 이 모든 것을 작품성이나 작가의 능력 하나만 보고 평가하자는 반론도 있으나 종합평가는 조직 속에서 인간적이고 자연스러운 현상이라 할 수 있다. 노인 또는 원로라 하여 예외일 수는 없고 오히려 노인이기에 노력여하에 따라 더욱 쉽게 애정도와 기여도를 높일 수 있고 회원들로부터 인정을 받을 수 있다. 그로 인해 초고령이라도 조직의 수장으로 추대되기도 한다.

노인은 노인의 특성을 살려 조직과 사회에 기여할 수 있는 방도를 모색하는 것이 바람직하다. 조직에 대한 애정을 표현하고 회의나 행사에 참석하는 것은 노인이기에 더욱 잘 할 수도 있을 것이다. 나아가 여유 돈이 있다면 회원과 조직을 위하여 쾌척할 수도 있을 것이다. 이러한 것들이 모두 노년에 적선하는 것이요 소속된 조직 내지 사회의 발전에 기여하고 노인으로 대접받는 길이 될 수 있지 않겠는가. '노인은 입은 닫고 지갑은 열라' 는 말은 노인 대접 받을 수 있는 지름길을 단적으로 표현한 것은 아닐까? 노인으로 소속 조직과 사회에 기여하고 노인 대접받는 것은 노인의 보람이요 기쁨이 아닐 수 없다. 노인인구가 증가하는 고령사회에서 노인이 대접받고 보람을 느낄 수 있는 조직 내지 사회에 대한 애정과 기여가 중시되고 있다.

성형해 보시면 어때요?

어느 행사 모임에서 여류 문우를 모처럼 만났다. 그는 한참을 얘기 한 후 내게 머리 염색을 해보면 어떻겠느냐고 말하여 왔다. 근래 갑작스럽게 머리가 많이 희어졌다는 것이다. 더 나아가 이마 주름이나 와잠을 성형해 보면 어떻겠느냐고 말하기도 하였다. 한결 더 젊어 보일 것이라는 것이다. 성형은 흉이 아니라고도 하였다. 오래간만에 만나 보니 너무 늙고 애처로워 보였던 모양이다.

최근 어떤 인기 여가수가 눈, 코, 가슴을 성형했다고 실토하였다. 댓글 등 대체적인 반응은 쿨하다는 것이었다. 이제 연예인들의 성형도 시비 걸고 말 많던 시기는 지나간 듯하다. 한때 인기 있던 여성보컬의 리드 보컬리스트에 대한 험담이 많았다. 그 이유는 얼굴 성형이 잘 되어 예뻐 보이니까 시기 질투해서 그런다는 것이었다.

성형이 유행이다. 한 사람이 여러 부위를 성형하기도 한다. 성형은 연예인 등 특별한 사람만 하는 특별한 것이 아니고 일반화되어가는 느낌이다. 우리나라 성형외과 의사들의 성형의술도 뛰어나 외국인들조차 성형을 위해 우리나라를 방문하기도 하고 성형의술 수출까지 하고 있다. 그쯤 되니 우리나라를 성형천국, 성형나라, 성형공화국이라고도 한다.

세계최고의 미인이라고 하는 미스 유니버스를 제일 많이 배출한 베네수엘라보다 미스유니버스를 아직 한 명도 배출하지 못한 우리나라를 그리 부르는 것을 다각도로 생각해 보게 한다.

미용성형은 아름다워지고 싶은 인간의 욕망에 부응하는 것이라 할 수 있다. 또한 선천성 또는 후천성 사고 등으로 성형이 불가피한 경우도 있다. 누구에게나 성형은 이제 가까이 할 수도 없고 멀리할 수도 없는 문제가 되었다.

오래전, 미국 여가수 쉐어가 성형한 부위를 전신그림 위에 표시한 잡지를 본 기억이 난다. 『타임』이나 『라이프』지였던 듯하다. 쉐어의 전신그림 위에 여기저기 10여 군데 성형하였다고 화살표로 표시하고 있었다. 마치 정육점 그림에서 소를 분해하여 부위별로 그 이름을 표시하듯 사람의 신체를 분해하여 여기저기 성형 표시를 하고 있었다. 나는 그 때 두 가지에 깊은 인상을 받았다. 하나는 한 사람이 인간 개조하듯 여러 부위에 전신성형을 할 수 있다는 것이고 다른 하나는 개인의 사생활을 전세계에 공표할 수 있다는 것이었다. 근래에는 범죄인들이 성형을 하여 딴 사람으로 행세하며 도피한다는 것에 깊은 인상을 받았다.

항간에 어느 연예인은 성형 미인이고 어느 연예인은 자연 미인이라는 말이 떠돈다. 자연 미인이라는 말보다 성형 미인이라는 말이 더 많이 들린다. 어떤 연예인은 성형중독이라는 얘기도 한다. 성형을 해서 딸과 같은 나이로 보인다고하기도 한다. 여자들이 그러한 말을 많이 하는 것을 보면 시기나 질투가 섞인 표현이 아닌가 생각이 되기도 한다.

나는 어렸을 때 자기 몸은 부모로부터 받은 것이니 함부로 해서는 안 된다고 배웠다. 피부나 머리털까지도 부모로부터 물려받은 것이니 함부로 훼손하지 않는 것이 효孝의 시작(身體髮膚受之父母, 不敢毀傷, 孝之始也)이라는 『효경』에 나오는 공자의 말씀과 같은 것이다.

또한 나이가 양반이라는 말도 들었다. 나이가 들면 아무리 쌍것이라도 함부로 하대하지 않고 나름 대접을 해준다는 말이다. 장유유서長幼有序라는 유교의 3강 5륜과도 무관하지 않을 것이다. 나이에 따라 대접을 받으니 일반적으로 뒷짐을 지거나 곰방대를 물고 다니는 등 나이가 들어보이도록 하고자 하였다. 학교에서도 머리가 허연 노선생님이 권위가 있고 실력이 있어 보이고 더욱 존경을 받았다.

그러나 이제는 상황이 달려졌다. 치열한 경쟁사회가 되다 보니 나이보다 능력을 우선하게 되고 나이가 들면 한물 간 사람으로 보게 되는 것이다. 운동선수들도 나이가 들며, 경기력에 별 차이가 없어도 전성기가 지났다는 말부터 듣게 된다. 용모도 경쟁력을 결정하는 요인이 되다 보니 미인대회에 나가지 않는다 하더라도 용모에 신경을 쓰게 되고 자연히 성형에 나서게 되는 것이다. 그러다 보니 요즈음은 쌍꺼풀 수술한 정도는 성형 축에도 못 드는 듯하다. 가슴 정도 성형하면 화제 거리가 될 수 있는 모양이다. 친구들 사이에서 5백만 원짜리 온다느니 6백만 원짜리 온다는 우스갯소리를 한다는 것이다. 가슴 한 쪽을 250만 원씩 주고 성형하거나 300만 원씩 주고 성형한 친구를 일컫는 것이다.

요즈음 아이들은 나이 많은 선생님보다 젊은 선생님을 더 좋아한다고 한다. 젊은 선생님이 더 멋있어 보인다 하고 자기세대를 더 잘 이해해 준다고도 한다.

심지어 노인도 노인을 싫어한다. 노인들만 모여 있는 것이 싫어 노인정에 안 나간다는 노인이 있다. 사정이 이러하니 성형이라도 하여 예뻐지고 젊어지려는 마음이 생기는 것이다.

나도 뜻밖에 문우의 그러한 말을 들으니 여러 가지를 생각하게 된다. 이제껏 미용성형이란 나와는 전혀 상관없는 얘기로만 들어왔다. 그러나 사회 분위기나 추세를 보면 그리하면 안 될 듯하다. 최소한 남에게 흉하게는 안 보이고 결례가 되어서는 안 된다는 생각도 하게 된다. 어느 대졸자가 취업을 위해 빚을 내서 성형을 했다는 말이 이해가 되는 것이다. 반면 코를 조금 높이면 미인이 될 것이니 성형을 해 보라는 권유를 받은 어떤 여성은 내 자신을 잃고 싶지 않다며 거절한다는 말도 뇌리에서 떠나지 않는다.

여류 문우가 싱겁게 한마디 툭 던진 말이 은근히 나를 고민하게 한다. 자연스럽게 늙고 자연스럽게 산다는 나의 생활신조가 그대로 지켜질지 시류에 따라 변화하게 될지 나 자신 궁금해진다. 그러한 고민이 벌써 3년째 이어지고 있다.

수필가의 봄을 생각한다.
– 피천득과 전혜린의 봄을 중심으로 –

봄은 희망과 기쁨 그리고 환희와 기다림이다. 그러나 봄은 절망과 슬픔 그리고 고통과 증오일 수도 있다. 봄에 대한 생각이나 느낌은 모든 사람에게 똑 같은 것은 아니다. 물론 수필가에게도 그러하다. 봄이 무르익으니 봄에 대한 생각이나 느낌이 각별하다. 수필가의 봄에 대한 생각이나 느낌은 그의 봄에 대한 수필을 통해서도 알아볼 수 있다. 명작수필 속의 봄이 떠오른다. 국민수필가라는 피천득의 봄과 요절한 천재수필가라는 전혜린의 봄도 사뭇 다르다.

피천득은 「봄」이라는 수필에서 '봄이 올 때면 젊음이 다시 오는 것 같다' 고 했다. '잃었던 젊음을 잠깐이라도 다시 만나본다는 것은 헤어졌던 애인을 다시 만나는 것보다 기쁜 일이다' 고도 하였다. 그런가 하면 전혜린은 「봄에 생각 한다」는 수필에서 '내 봄은 언제나 괴롭다. 올해는 더구나 그렇다' 고 했다. 피천득에게는 봄이 환희와 찬미의 대상이었지만 전혜린에게 봄은 고통과 우울의 상징이었다. 그녀는 겨울을 좋아했고 겨울이 지나가면 상실감을 느끼고 생의 애착을 잃었다. '겨울 생인 내가 가장 좋아하는 계절은 사실은 겨울이다. 언제나 가을만 되면 '내 계절이여 빨리 오거라!' 하며 겨울을 기다리고 내 심신이 모두 생기가 넘치게 된다.' 하였다. 또한 '그러나 내 계절은 지나고 말았다. 그와 함께 해마다 내 계절이면 나에게 찾아와 생의 애착을 찾아 주던 로맨틱도 동경도 가 버리고 말았다.' 며 애상조의 수필을 썼다. 같은 봄이라도 피천득에게 봄은 희망이지만 전혜린에게 봄은 절망이라고 할 수 있다. 피천득에게 봄은 기쁨이지만 전혜린에게 봄은 슬픔이다. 피천득은 봄 하면 청춘을 올리지만 전혜린은 공동묘지를 떠 올렸다. 그리하여 피천득에게 봄은 기다림의 계절이나 전혜린에게 봄은 결코 기다림의 계절은 아니다. 피천득은 '따스한 햇볕 속에 하늘을 보면 몸과 마음이 날아갈 듯하고 봄이 오면 몸과 마음이 가벼워진다' 고 하였다. 또한 '나같이 범속한 사람은 봄을 기다린다' 고도 하였다. 봄에 대한 애착이 담겨있다. 이에 비하여 겨울을 좋아한 전혜린에게 겨울은 생의 애착을 가르쳐 주었지만 겨울의 뒤에 오는 봄은 혼돈과 깨어남, 감미한 비애와 도취였다. 그리고 그가 독일 유학중 거주했던 뮌헨의 회색하늘을 추억하며 봄을 슬퍼하기 시작한다. 그리고 그의 봄에 대한 수필은 이렇게 끝을 맺는다. '찬란했던 겨울과 결별한 후 나에게는 지칠 듯한 회한과 약간의 취기의 뒷맛이 남아 있다. 그것을 맛보면서 나는 아무 기대도 없이 끔직한 여름을 향하게 된다'고.

피천득은 97년을 살았지만 전혜린은 31년을 살고 자살하였다. 얼핏 봄을 기뻐한 사람은 오래 살고 봄을 슬퍼한 사람은 일찍 죽는다 라는 추론도 해보게 된다. 물론 즉흥적 추론일 뿐이다. 천재시인 윤동주는 28세에 요절하여 31세에 요절한 전혜린과 같이 짧은 호흡, 긴 여운을 남긴 불세출의 문인이나 동주는 봄을 슬퍼하여 요절한 것이 아니기 때문이다.

전혜린 사후에 출간된 그의 수필집 『그리고 아무 말도 하지 않았다』는 노벨문학상 수상자인 독일의 하인리히 뵐의 전후장편소설과 같은 제목의 것으로 당시 장안의 베스트셀러가 되었다.

나의 봄은 정서상 양면성을 지닌다. 내가 춘삼월에 출생하고 아내, 큰 딸 또한 그러하여 봄은 생명이나 창조를 연상하게 되지만 어머님이 봄이 한창이던 부활절에 돌아가셔서 봄은 슬픔과 비극의 동의어로 생각되기도 한다.

저명한 두 수필가의 수필 속 봄을 떠올리며 사인과 관련하여 수필도 심리치료, 정신치료의 방법이 될 수 있다는 것을 다시 생각을 해보게 된다. 전혜린의 수필 「봄에 생각한다」를 읽어보면 그가 우울증에 걸려있지 않았나하는 생각을 지울 수 없다. 근래에는 우울증은 널리 알려지고 우울증을 앓는 사람도 드물지 않지만 그 당시만 해도 우울증이란 잘 알려지지도 않았고 더욱 심각한 정신질환이라고 널리 알려지지도 않았었다. 그가 봄을

슬퍼하고 삶에 애착을 가지지 않은 깊은 내면에는 우울이 자리
잡고 있었기 때문은 아닐까 하는 생각을 해보게 되는 것이다.
글을 읽어보면 글쓴이의 심리상태나 정신 상태를 알 수 있기 때
문이다. 따라서 정신치료, 심리치료의 한 방법으로 수필치료가
문학치료의 한 방법으로 각광 받을 수 있는 날이 올 듯하다. 또
한 봄에 대한 두 수필가의 명수필을 읽으면 그러한 측면의 연구
가 필요함도 느끼게 된다.

기획수필과 인공지능수필

　사회가 발전하고 과학이 발달함에 따라 문학 장르에도 변화의 조짐이 나타나고 있다. 최근에 발표되는 수필을 읽어보면 과거와는 다른 유類의 수필을 대하거나 다른 유類의 수필을 생각하게 하는 경우가 있다. 바로 기획수필 그리고 인공지능 수필에 관한 것이다.

　수필은 가슴과 머리로 쓴다. 마음으로 느낀 감정을 두뇌를 이용하여 문장을 만들기 때문이다. 그렇게 만들어진 글은 다시 다른 사람의 마음과 머리를 움직인다. 글쓰기의 미술이라 할 수 있다. 신라시대의 문장가 최치원은 당나라에 유학하고 황소의 난이 일어나자 〈토황소격문〉이란 글을 지어 난을 진압하는데 영향을 주고 그의 문명은 당 전역에 떨쳤다. 수필 또한 글이니 수필쓰기는 미술을 하는 것이다.

　수필 인구와 수필 편수가 증가하고 수필 수준이 높아지면서 경험수필에서 기획수필로 전환되어 가는 느낌이 든다. 종래에는 일반적으로 우연한 기회에 특별한 경험을 한다거나 일상에서 새로운 느낌을 갖게 되어 그러한 경험을 바탕으로 수필을 써왔다. 특별한 감성이나 경험담을 풀어놓는 식이었다. 이러한 수필을 일컬어 경험수필이라 할 수 있을 것이다. 또는 사후수필이라 할 수도 있을 것이다. 체험 후에 특별한 감성이나 인상 또는 소감을 자연스럽게 수필형태로 표현한 것이기 때문이다. 이것은 본래 의미의 수필이고 수필의 본질이라 할 것이다.

그러나 점차 수필을 쓰기 위한 목적의 기획의도를 가지고 소재를 개발하고 연구조사하며 자료의 수합과 정리를 한 후, 체험을 하여 수필을 쓰는 경우가 늘어나고 있다. 이러한 수필쓰기를 기획수필 또는 사전수필이라 할 수 있을 것이다. 수필을 쓰겠다는 목적을 가지고 자료정리를 하고 수필이 어느 정도 준비된 상태에서 계획적인 경험을 한 후에 수필을 쓰는 것이니 기획수필이 되고 수필을 전제로 여행이나 행사 등 체험을 하여 그 체험을 바탕으로 수필을 그리는 것이니 사후수필이 되는 것이다. 일반 수필과 차별화되고 특수한 수필이 되는 것이다.

수필이란 일정한 형식을 따르지 않고 인생이나 자연 또는 일상생활에서의 느낌이나 체험을 생각나는 대로 쓴 산문형식의 글[1]이라 한다. 또한 모두 선 경험 후 작문이 되는 것이다. 여기서

---

1) 표준 국어사전

느낌이나 체험은 자연스러운 것이다. 그러나 수필을 쓰겠다는 목적으로 체험을 하고 수필을 쓴다면 그것은 자연스런 체험과 자연스런 수필은 아닐 것이다. 그렇다면 그것은 수필이 될 수 없는 것인가?

수필은 사실을 적시한다는 점에서 소설과 구별된다. 소설은 허구다. 종래 허구의 작문을 수필로 볼 수 있을 것인가의 문제가 제기되었다. 수필을 쓰며 재미 내지 흥미를 더하기 위해 머릿속에서 지어낸 사실을 마치 직접 체험한 양 글을 쓴다면 그것은 수필이 될 수 있는가이다. 또한 전부가 허구는 아니지만 체험한 사실에 일부 가공을 한다면 그것은 수필이 될 수 있는가이다. 수필은 재미가 있거나 감동이 있어야 독자를 끌어당길 수 있다. 그러하니 간혹 직접 경험한 사실에 일부 가공을 하는 수가 있다. 또한 남의 수필을 수정 또는 교정을 보면서 글을 좋게 보이도록 직접 경험하지도 않았으면서 남의 글에 일부 수정 내지 가공을 하는 수가 있다. 이러한 것들을 수필에서 어떻게 볼 것인가 하는 문제가 있는 것이다. 이는 엄격히 말하면 작가의 개성이나 인간성이 드러나는 특성을 지닌 수필에 조작을 하거나 남이 개입을 하는 것이니 어찌 보면 독자를 속이는 것이 될 수 있고 이는 수필의 윤리성문제가 될 수 있을 것이다.

그러나 기획수필은 가공수필과는 구별된다. 일찍이 어떤 목적과 계획 하에 또는 출판사의 요청에 따른 성지순례나 수도원기행 또는 포구기행 등의 기행수필이 있었으나 소수의 이례적인 것이었고 일반적인 것은 아니었다. 삼국시대 등 과거에도 외국 문물을 소개하는 글이 있었으나 그 또한 특별한 것이었다. 그러나 근래에는 제주의 올레길이나 전국의 둘레길에 대한 수필을 쓰고자 올레길이나 둘레길 걷기에 나서기도 하고 전국의 명산을 수필화하고자 산행 길에 나서 그러한 체험을 수필화하기도 한다. 또한 수필쓰기 위한 목적으로 특정지역 여행, 관광에 나서 그 지역을 집중 탐구한 수필을 내놓기도 한다. 더불어 전적지를 조사 또는 발굴하거나 전국의 수목원을 탐방하여 수필에 담기도 하는 등 테마별 기획수필쓰기가 확산되어 가는 경향이 있다.

어찌 보면 기획수필은 주객이 전도되었다고 할 수 있고 소재 개발이나 조사, 자료수집 등에서 연구개발이나 연구 성과물이라 할 수 있다. 한편 일반 경험수필에 비하여 진일보한 수필이라 평가할 수도 있을 것이다. 그러한 기획수필이 좀 더 심화되고 이론화되면 수필은 한편의 학술논문이 되는 것 아니냐는 문제의식도 갖게 된다. 글쓰기의 형태만 다르지 중수필(서사수필)의 범위를 넘어 전공논문영역으로 들어가는 것이다. 사실 특별한 주제에 대한 전문적인 지식을 가지고 자료의 수집과 활용, 실험실습 등 학술연구 못지않게 탐구적 자세로 접근한 이론 있고 깊이 있는 수필이 나오기도 한다. 이러한 중수필을 접할 땐 학술논문수준이 아닌가하는 생각을 갖게 되기도 한다. 이 모든 것들은 수필은 신변잡기라는 명제를 타파하는 차원이 다른 수필이라 할 수 있을 것이다. 이러한 기획수필은 종래 경험수필의 진부함이나 일상성을 탈피 내지 개선하고 역사성이나 종합성, 객관성 또는 진상 추구성을 강조하고 차별화하는 면에서 참신하다 할 수 있다. 수필이 한층 엎 그레이드 된다고 할 수 있고 한결 영악해진다고 할 수 있을 것이다. 한편 전문성을 띄고 주제별로 세분화한다고 할 수 있을 것이다. 한편 이러한 유의 글 중 감성이나 감동도 없고 지극히 비평적이고 이론적인 글은 비수필로 구별해야 하는 것 아닌가 하는 생각도 하게 된다.

경험수필이 전통적이고 자연스러운 수필이라 한다면 기획수필은 의도적이고 목적지향의 수필이라는 점에서 차이를 둘 수 있다.

수필쓰기의 목적이 인생을 기록하고 그 의미와 가치를 발견하고 부여하는 것이라 할 때 기획수필은 이와 부합되지 않는 측면이 없지 않다. 또한 자연스러운 수필은 아니라고 할 수 있다. 기획수필은 의도된 목적지향성이 앞서기 때문이다.

만일 그러한 성격의 기획수필이 극단화되고 정형화되면 4차 산업혁명의 핵심인 인공지능(AI)에 의한 수필쓰기도 성사되고 그것이 더 좋은 평가를 받게 될 가능성도 있을 듯하다. 좋은 수필이라고 평가받는 명 수필의 평가요소를 투입하여 주제별로 최적의 수필의 산출을 도모할 수 있기 때문이다. 그러나 그러한 인공지능수필은 자연 인생이 아닌 조작된 가공 인생이거나 가공현실을 그려내는 것이 될 수 있을 것이다. 기획수필이 유형화한 수필작법에 의해 특별하게 이루어진다면 이는 인공지능 수필과 같은 문제가 제기될 수 있지 않을까 한다.

앞으로 지금의 수필이라는 글의 형태와 비슷한 글이 생겨나고 그것이 가슴이 아닌 머릿속에서 조작된 글이라도 일반화되면 수필의 개념이나 수필 쓰기의 목적도 지금과 달라질 수 있을 것이다. 아니면 새로운 장르의 글이 생겨날 듯하다.

기획수필은 주제의식이 분명하다고 하는 점에서 큰 장점이 될 수 있으므로 수필의 개념이나 수필쓰기의 목적에 크게 동떨어지지 않고 윤리성에 문제가 없다면 수필문학의 외연을 넓히고 질적 향상을 도모할 수 있다는 측면에서 긍정적으로 보아야 할 듯하다.

잠재의식 속의 모교애

아내는 자기가 다닌 모교에 애정이나 관심이 별로 없었다. 내가 보기에는 그러하였다. 결혼 후 초등, 중등, 고등, 대학 등의 공식적 동참모임에 나가는 것을 본 적이 없다. 전체나 기별동창 모임에 참석하러간다는 말을 들어본 적도 없다. 아예 모교나 모교 동창회에서 우편물이 오는 것이 없었다. 동창생들에 대한 말도 자주 들어보지 못하였다. 아무리 여자지만 너무 한다 생각되어 가짜 졸업생이 아니냐고 찔러보기도 하였다. 동창이라도 주부로 집에서 가정생활만 하며 이사를 다니다보니 주소조차 파악이 안 될 것이라고 하였다. 몇몇의 학교 동창 친구들과는 꾸준히 만나고 있고 특히 여고시절에는 여동생이 같은 교복을 입고 만난 적이 있다하여 가짜 졸업생이 아닌 것만은 틀림없다 생각하고 살았다. 그러하니 자연 아내는 모교에는 전혀 관심이나 애정은 없는 사람으로 생각하게 되었다. 그러나 그것은 나의 판단 착오라는 것을 딸이 사는 경주에 가서 알게 되었다.

딸이 결혼하고 사위의 직장 전근으로 경주로 이사를 하게 되어 딸의 집을 방문하게 되었다. 경주는 예나 지금이나 신라의 수도요 천년고도임을 눈으로 확인할 수 있었다. 10여 년 전 아내와 여행할 때보다 훨씬 규모 있게 정비되고 깨끗하고 아름다웠다. 우리 부부는 사위의 배려로 보문단지에 있는 한 호텔에 유숙하였다. 그리고 호텔을 거점으로 딸과 사위의 안내로 경주 유적지와 유명 음식점도 찾아다녔다. 딸 부부와 동행하니 부부와 다닐 때와는 느낌이 많이 달랐다.

돌아오는 날, 딸 내외와 만날 시간이 많이 남아 호텔 주변을 산책한 후 호텔 1층에 있는 기념품가게 진열장을 통해 도자기를 구경하였다. 기념품가게는 도자기점이였다. 고려청자를 재현한 도자기와 달 항아리도 있고 생활자기도 보였다. 이것저것 한참을 들여다보자니 안에서 컴퓨터를 하고 있던 주인이 우리를 의식하고 밖으로 나와 안에 들어와 편하게 보라고 인도하였다. 그리고 친절하게 몇 가지 도자기작품들에 대해 설명해 주었다. 그러자 집사람이 가게 한 모퉁이에서 손잡이가 달린 컵과 어른 손바닥만 한 사각접시를 집어 들었다. 그리고 유심히 컵 모양과 접시 안을 들여다보았다. 회색의 생활 자기였다. 곁에서 자세히 보니 컵 손잡이 옆과 접시바닥에 다섯 개의 흰 배꽃 잎 문양이 있었다. 적지 않은 자기 컵과 접시를 보았지만 이 같이 다섯 흰 배꽃 잎 모양이 그려져 있는 컵과 접시는 처음 보았다. 관심 있게 살펴보는 것을 눈치 챈 가게 주인은 자신도 작품을 만드는 작가라고 하며 그 컵과 접시는 어느 젊은 작가가 만든 것이라고 설명해주었다. 아내는 몇 개가 있느냐고 물었다. 몇 개 안된다고 하자 집사람은 다 달라고 하였다. 컵과 접시바닥 문양은 자기의 여중고 뱃지 문양이라고 하였다. 아내가 다닌 여중고의 교명은 배꽃의 한자 이름이었고 학교 뱃지도 중앙에 흰 배꽃을 넣어 둥글게 만든 것이었다. 나의 두 여동생들도 여고시절 모두 그 뱃지를 교복에 달고 다녀 낯이 익었다. 컵과 접시 문양은 여동생들이 달고 다니던 다섯 흰 배꽃 잎 여고 뱃지 문양 그대로였다. 집사람은 컵과 접시에서 자기 모교의 뱃지 문양을 발견하고 기뻐하며 좋아하였다. 그리고 그것을 모두 사버린 것이다. 집사람은 모교에 대해 별로 말은 하지 않았지만 은근히 모교에 대한 애정과 자부심을 가지고 있었던 것이다. 나는 그것을 전혀 눈치 채지 못하고 살았다. 얼마 전 우리나라 최초로 외교부 장관에 임명된 여성이 자기의 여고 1년 후배로 대천의 여고 휴양관에서 함께 지냈던 추억을 이야기하며 기뻐하던 모습이 떠올랐다. 슬그머니 미안한 생각이 들어 얼른 내 신용카드를 꺼내었다. 컵과 접시를 넣은 봉투를 들고 딸 내외에게 향하는 발걸음이 가벼웠다.

안중근 의사와 천주교 신자 자격 박탈

안중근 의사와 그의 어머니를 생각하면 언제나 마음이 저리고 아리기 그지없다. 그는 독립투사로 널리 알려졌지만 천주교 신앙인이요, 교육자, 계몽운동가이며 인권운동가이기도 하였다. 죽음에 임박하여 천주교 신자로서 뜻밖에도 그의 사상과 철학에 영향을 주고 믿고 의지하던 천주교로부터 신자 자격을 박탈당하였다. 그리고 종부성사(가톨릭 신자가 죽음에 임박하여 받는 가톨릭의 성사)조차도 받지 못하였다. 그것을 생각하면 같은 교인의 한 사람으로 가슴이 찢어진다.

안중근 의사의 생애 마지막 발자취를 더듬어 보며 그 넋을 위로하고자 무거운 발걸음으로 문우일행과 중국 뤼순감옥을 방문, 유심히 둘러보았다. 감옥 내에는 감방과 감시대 외에 수감자를 고문하던 고문실과 사형을 집행하던 교수형장도 있었다. 또한 안 의사의 흉상과 영정을 모신 독립공간도 마련되어 있었다. 안중근의사는 1910년 2월 14일 사형선고를 받고 3월 26일 이곳에서 의연하게 32세의 짧은 삶을 마감하였다. 그리고 이제는 이곳에서 그의 유언과 함께 우리를 맞이하고 있는 것이다.

뤼순 감옥 내 안중근 의사 전시실 한옆에는 최후의 유언이 한자와 한글로 표시되어 있었다. 한글 내용은 이러하였다. 「내가 죽은 뒤에 나의 뼈를 하얼빈 공원 곁에 묻어 두었다가 우리 국권이 회복되거든 고국으로 안장해 다오. 나는 천국에 가서도 또한 마땅히 우리나라의 회복을 위해 힘을 쓸 것이다. 너희들은 돌아가서 동포들에게 각각 모두 나라의 책임을 지고 국민 된 의무를 다하여 마음을 같이 하고 힘을 합하여 공로를 세우고 업을 이루도록 일러다오. 대한 독립의 소리가 천국에 들러오면 나는 마땅히 춤추며 만세를 부를 것이다. 1910년 경술 2월 14일 장부 도마 올림」. 여기서 도마란 안중근의 본명(세례명)인 토마스를 중국어로 나타낸 것이다.

우리 문우 일행은 경건한 마음으로 그의 우국충정을 머리 숙여 묵념하며 그를 추모하였다. 또한 어떻게 32세의 젊은 나이에 부모와 지식을 두고 조국의 독립을 위하여 목숨까지 던졌을까하는 생각도 하게 되었다. 또한 아직도 그의 유해를 발굴해 내지 못하고 있는 현실을 안타까워하였다.

안중근은 1879년 황해도 해주 출신으로 6,7세 때 황해도 신천군 두라면 청계동으로 이사하여 18세 때인 1897년 청계동 성당에서 빌렘(Nicolas Joseph Marie Wilhelm) 프랑스 신부로부터 세례를 받고 토마스라는 세례명을 얻었다. 그의 어머니와 동생들도 세례를 받은 천주교인 가정이었다. 안중근은 독실한 신앙생활을 하며 우리나라 침략의 원흉 이토 히로부미를 저격한 직후 성호를 긋고 천주께 저 포악한 놈을 무찌르게 하여 주셔서 감사하다는 기도를 올렸다 한다, 또한 사형집행 직전에는 아들 준생(베네딕토)을 성직자로 키워달라고 당부했다고 전해진다. 그의 어머니 조 마리아는 아들에게 수의를 지어주며 '의를 행한 것이니, 항소를 하여 일본인들에게 구차하게 목숨을 구걸하지 말라' 하였다. 그것을 생각하면 눈시울이 뜨거워진다. 모자母子는 모두 대쪽 같은 선비였음이 틀림없을 것이다.

그의 신앙과 사상, 철학을 알아볼 수 있는 것으로는 1910.3. 뤼순감옥서 순국하기 직전 천주교 신앙을 표현한 서예작품, 경천敬天과 '천여불수반수기앙이天與不受反受其殃耳(보물 제569 - 24호)', '천당지복영원지락天堂之福 永遠之樂' 등이 있다. '경천' 은 '경천애인敬天愛人'에서 나온 말로 '하느님을 사랑하고 공경하라' '천주를 공경하라' 는 천주교 사상을 담은 것이다. 그 글씨 옆에는 '대한국인 안중근大韓國人 安重根'이란 글씨와 손도장도 찍혀 있다. '천여불수반수기앙이' 는 하늘이 주는 것을 받지 않으면 반대로 재앙을 받는다는 뜻으로 '경천' 과 함께 동양평화 사상을 엿볼 수 있는 작품으로 알려져 있다. 일본 군국주의자들이 사람을 죽이는 것은 하늘의 뜻에 배반하는 것이라는 의미를 담은 작품으로 의거의 정당성, 독립투쟁에 대한 안중근의 사상, 철학을 대변하는 작품이다. '천당지복 영원지락' 은 천당의 복은 영원한 낙이라는 뜻으로 하느님께의 귀의를 나타낸다.

　이렇듯 독립투지의 근원이 되었던 안중근의 천주교 신앙은 오히려 천주교로부터 배척당하였다. 안중근이 천주교의 10계명 중 첫째인 살인하지 말라는 계명을 어겼다는 것이다. 구한말과 일제시대 조선교구장이었던 프랑스 출신 선교사 뮈텔 주교는 이토 히로부미를 처단한 안중근의 천주교 신자 자격을 박탈하고 종부성사조차 거부하였다. 나아가 안중근의 동생 안명근이 데라우치 총독 암살을 꾀하고 있는 사실을 일제 아카보 장군에게 밀고(1911년 1월 11일 일기)하며 친일행태를 보이기도 하였다. 당시 조선교구의 선교를 위하여 일본의 눈치를 보지 않을 수 없었기 때문일 것으로 짐작은 되나 박해와 순교조차 두려워하지 않았던 과거의 외국인 선교사들을 생각하면 교인의 한 사람으로도 도저히 납득이 되지 않는다.

　독실한 천주교 신앙인으로 나라의 독립을 위하여 어머니를 모시고 자녀를 둔 가장으로 주저 없이 목숨을 던진 안중근에 대한 천주교회의 행태는 사랑과 정의의 그리스도 정신을 보여준 것으로 보이지 않는다.

　그래도 다소 위안이 되는 것은 안중근에게 세례를 주었던 빌렘신부가 사제로서 사명감과 책임감을 절감하고 주교의 방침을 어기고 뤼순감옥을 방문하여 안중근에게 고해성사와 성체성사를 하였다는 것이다. 안중근 토마스는 신자로서 부끄러움이 없다하고 눈물로서 오로지 대한제국의 독립을 소원하였다. 사람을 죽인 행위는 참회하였으되, 천당에 이를 것임을 의심치 않았고 빌렘 신부와 가족에 남긴 유언에서도 천당에서 재회하자 하였다. 우리나라를 두 번 방문하고 『고요한 아침의 나라』를 저술한 독일사제 노르베르트 베버 총 아빠스(수도원장)도 1911년 황해도 신천 안중근의 본가를 방문하고 그의 유가족 사진을 촬영하여 기록으로 남긴 것은 그에 대한 애정과 추모의 표현이었음이 틀림없을 것이다.

그 후 한국천주교의 독립운동에 대한 처절한 자기 고백과 성찰이 공개적으로 표명되었다. 한국천주교 주교회의 의장 김희중 대주교의 2019년 3·1운동 100주년 담화에서였다. 그는 외국 선교사들로 이루어진 한국 천주교 지도부는 일제의 강제 병합에 따른 민족의 고통과 아픔에도, 교회를 보존하고 신자들을 보호해야 한다는 정교분리 정책을 내세워 해방을 선포해야 할 사명을 외면한 채 신자들의 독립운동 참여를 금지했다고 하였다. 그리고 나중에는 신자들에게 일제의 침략 전쟁에 참여할 것과 신사 참배를 권고하기까지 했다고 밝혔다. 나아가 한국 천주교회는 시대의 징표를 제대로 바라보지 못한 채 민족의 고통과 아픔을 외면하고 저버린 잘못을 부끄러운 마음으로 성찰하며 반성한다고 하였다. 1919년 3·1운동 당시 민족대표 33명 중에 천도교는 15명, 기독교는 16명, 불교는 2명이 참여하였지만 천주교는 전혀 참여하지 않았다. 한국천주교단은 이를 잊지 않고 있는 것이다.

안중근 의사에 대한 한국천주교회의 재평가는 광복 후 시작됐으며 2010년에 이르러 신자 자격이 복권되었다. 염수정 추기경은 안중근 토마스 의사를 추모하는 것은 그분의 삶이 숭고했기 때문이며 그 분의 신앙과 애국, 애족 운동이 우리에게 큰 귀감이 되기 때문이라고 하였다. 또한 "안 의사는 무엇보다 가톨릭 세례명이 토마스인 철저한 신앙인이었다. 그분의 삶을 신앙을 빼놓고는 다르게 이해할 수 없다. 모든 일을 기도로 시작했고 신앙과 일치시켰다. 일본군과 유격전쟁을 하면서도 재판 과정에서도 하루도 빠짐없이 기도를 했다. 포로가 된 일본인을 풀어주기도 하는 등 자신의 생애를 그리스도의 생애와 일치시키고자 했다"고 평가하였다.

김수환 추기경은 1993년 8월 21일 안중근의 추모미사를 봉헌하며 그의 정당성을 인정하고 교회가 잘못 판단한 데 대한 과오를 공개적으로 반성한 바 있다. 그 외 노기남 주교도 1946년 3월 26일 안중근 의사의 순국을 기념하는 미사를 명동성당에서 봉헌한 바 있다.

오늘날 한국천주교회는 안중근 토마스에 대하여 공개적으로 성찰하고 철저하게 반성하고 있다. 또한 안 의사의 인권수호, 사회정의, 애국계몽활동은 그리스도의 사랑과 정의에 바탕을 두며 그리스도의 완전한 모범을 보여준다고 한다. 나아가 안중근 의사의 숭고한 정신이 널리 전해지고 시복·시성의 초석이 되길 기원하고 있다.

안중근 의사가 천주교 신앙인으로 그가 믿고 의지하던 천주교로부터 뒤늦게나마 정당성과 숭고성을 인정받고 평가 받는 것은 그의 아픈 마음을 어루만지는 것이 될 것이다. 한국천주교의 바람대로 안중근 토마스가 천주교 신앙인으로 그의 죽음이 제대로 평가받고 시복, 시성되기를 바라는 마음 간절하다.

고교 동창생들의 가을 트레킹

　다소 쌀쌀하고 음산한 가을을 밀어내며 고교 동기생 일행은 강원도 비수구미마을로 달렸다. 강원도 깊숙이 들어갈수록 산은 높아지고 골은 깊어지고 있었다. 구절양장 휘돌아 오르며 산 아래 굽어보니 새댁의 색동옷 같은 가을 사이로 푸른 호수가 여인네 옥색 치마처럼 펼쳐지고 있었다. 노르웨이의 아름다운 피오르드를 다시 만나는 듯하였다. 굽이돌아 내려온 산자락 끝에 화천 비수구미 선착장이 수줍은 듯 조촐하게 우리를 맞이하고 있었다.

　단출한 선착장의 환영을 받으며 버스에서 내리려니 부슬비가 우리 일행을 어서 내리라고 어깨를 두드려 주었다. 부슬비의 재촉에 못 이겨 서둘러 모터보트에 올랐다. 호반의 정적을 깨고 모터보트는 화천댐 상류를 향하여 튀어 나갔다. 뱃머리에 앉아 파로호를 마주한 나에게 비바람은 거세게 몰아치고 나는 거침없이 그 비바람 속을 뚫고 물살을 갈랐다. 제임스 카메론 감독의 영화 「타이타닉」에서 타이타닉호 뱃머리에 서 머리카락 휘날리며 물살을 가르고 나아가는 케이트 원슬랫이 연상되었다. 또한 마치 내가 럭비공을 품에 안고 태클을 피해가며 상대 진영을 돌파하는 듯한 착각에 빠져들기도 하였다. 한편 나의 미래 문을 활짝 열어 젖히는 듯도 하고 내 운명을 거세게 개척하는 듯한 느낌도 들었다. 파로호를 뱃머리에서 달리며 눈을 돌려 비바람 몰아치는 언덕을 바라보았다. 불현듯 영국 여류작가 에밀 브론테의 『폭풍의 언덕』으로 다가가는 느낌이 들어 움찔하였다.

출발한 지 20여 분 만에 큼직한 유람선이 시야를 가로막는 파로호 호수길 언덕 위 납작 집 앞에서 하선하였다. 노파의 어서 오라는 정겨운 인사말을 들으며 집 앞을 지나 비닐하우스 안으로 들어섰다. 하우스 안에는 작물 대신 두 줄로 식탁이 놓이고 탁자 위에는 푸짐한 오찬이 준비되어 있었다. 그리고 맨 앞자리에는 어느새 도착하였는지 동기생들 부인 몇 명이 노란 들국화 한 무리처럼 곱게 모여 있었다. 나는 맨 뒤 탁자의 모퉁이 자리에 엉덩이를 던졌다. 같은 테이블의 동창들은 어느새 공군복무 시절과 월남파병 시절로 돌아가 군대 얘기로 열을 올렸다. 바위처럼 버티고 앉은 한 동창생은 초면인 듯 하였는데 미국 아틀란타에서 인척의 병환으로 잠시 나왔다 하였다. 나와 같이 고3 때 1반이었다고 하는데 뇌가 마비되었는지 아무리 타임머신을 타고 당시로 돌아가 보아도 기억이 희미하였다. 다른 좌석의 몇몇 동기들도 반세기 이상 못 만났던지 낯이 설었다. 그러나 우리는 초면 사이인 듯해도 서먹서먹하지 않고 바로 말을 트고 스스럼없이 정담을 나눌 수 있었다. 우리 인생에서 감수성이 가장 예민하고 순수한 10대를 함께 생활한 탓일까. 고교 동기동창이라는 것만으로 우리는 바로 친구가 되고 동료의식을 느끼고 공감대를 같이하였다.

식탁을 둘러보니 낯선 산채와 닭 매운탕, 닭백숙이 정갈하고 맛깔스럽게 차려져 있었다. 주인 노파에게 나물 이름을 물어 보았다. 풍년 취, 곰취, 곤드레나물, 뽕잎나물, 우사나물, 엄나무나물, 다래 순, 마가목 나물, 질경이, 호박나물이라 하였다. 식사 전 이곳은 고기도 없고 술도 없다고 한 동기회 총무의 말이 생각났다. 얼마 전 결혼을 했다고 하는 노파의 아들이 음식 심부름을 하여 나물들은 집에서 재배도 하느냐고 물어 보았다. 재배한 것은 없고 모두 산에서 채취해 온 것이라 하였다. 닭고기는 육질이 약간 질긴 듯하여 토종닭이냐고 물은 즉 집에서 키우는 토종닭이라 하였다. 모처럼 자연 토속 음식을 동기회장이 힘들여 갖고 온 막걸리와 웰빙으로 먹었다. 음식점을 경영하였던 한 친구는 자기가 먹어본 닭고기 중 최고로 맛있었다고 하였다.

집주인은 한국 전쟁시 황해도에서 피난 와 이 지역에 자리 잡고 화전을 일구며 살기 시작했다 하였다. 인근 주민들도 모두 화전민들로 박정희 대통령 때 공비에 대비하여 한곳에 집단이주시켜 살게 되고 그로 인해 이곳에 마을이 형성되었다 하였다. 이곳 파로호는 한국 전쟁 당시 화천호수 전투에서 중공군 2만

5천 명의 사상자를 내는 전과를 올려 오랑캐를 대파한 호수라는 뜻으로 이승만 대통령이 파로호를 이름 붙인 데서 유래하지 않았던가. 점심을 먹고 하우스 문을 나서니 어느새 비는 멈추고 밝은 햇살이 우리를 기다리고 있었다.

비수구미마을 트레킹을 시작하려 집 모퉁이를 돌아가려니 평상 위에 아이 몸통만큼 큰 암칡 수 칡 몇 개가 놓여 있었다. 누군가가 포클레인으로 파낸 것 같다 하자 노파의 아들은 모두 삽과 곡괭이로 캐냈다 한다. 6·25 피란시절 충남 예산 토담집 뒤 산기슭에서 동생과 땀범벅이 되어 새끼 칡을 캐던 어린 시절이 그리워졌다. 파로호 비수구미마을 트래킹코스는 파로호 호수길 따라 6km 이어진 마을길이었다. 우리 일행은 앞서거니 뒤서거니 하며 때론 정담을 나누기도 하고 때론 명상에 잠기면서 깊어가는 가을을 즐겼다. 비가 뿌려서인지 운치를 더한 오솔길 위에 떨어진 떡갈나무 낙엽은 촉촉한 땅위에 찰딱 붙어 있었다. 그리고 길가의 나뭇잎은 한창 붉게 물들어 가며 가을을 익히고 있었다. 낙엽을 밟으며 고즈넉한 오솔길을 걸어가자니 고등학교 국어교재에 등장했던 강원도 출신 소설가 이효석의 대표적 수필 「낙엽을 태우면서」가 떠올랐다. 그의 글대로 마른 낙엽을 태운다면 갓 볶은 커피냄새가 날 것 같았다.

호수 따라 길게 이어진 산길은 오르막도 있고 내리막도 있고 똑바른 길도 있고 굽어 돌아가는 길도 있어 기복 있는 우리네 인생길을 연상케 하였다. 숲길 사이로 멀리 모퉁이를 돌아가는 동기생들의 뒷모습이 속세에서 해탈하려는 구도승처럼 보였다. 산티아고 순례 길을 걷는다면 우린 무슨 생각을 하고 무엇을 깨닫게 될까 궁금하여졌다. 길옆으로 낭떠러지 절벽 아래 호수 물이 이마의 주름처럼 몰려왔다 한순간에 사라졌다. 친구들과 도란도란 이야기 하며 낙엽을 밟자니 우정은 더욱 깊어지고 동기애는 더욱 도탑게 느껴졌다. 멀리서 바리톤 김동규의 「시월의 어느 멋진 날에」가 들리는 듯도 하고 패티 킴의 「가을을 남기고 간 사랑」이 가슴에 젖어드는 듯하였다. 한순간 이 가을에 이곳에서 누군가를 사랑하고 싶어졌다.

흙길을 한참 걷다보니 콘크리트 도로도 나오고 스키 슬로프 같은 비탈길 위 펜션 앞까지 깔려있는 검은 아스팔트길도 지나게 되었다. 더욱이 현대식 펜션을 만든다고 포클레인 동원하여 풍광 좋은 언덕을 파헤치고 발파석으로 축대를 쌓는 것을 보니 내 사지 하나 잃은 듯 마음이 아팠다. 지역발전도 좋고 개발도 좋지만 좋은 풍광과 아름다운 자연을 그대로 보존하는 마음이 아쉬웠다. 도시와 절연한 원시적 청정 무공해 시골마을로 환경을 보존하는 것이 더욱 이 지역을 가치 있게 발전시키고 성장시키지 않을까 생각되었다.

2시간여 비수구미마을 트레킹을 마치고 다시 선착장으로 내려오자니 이 길이 제주 올레길, 우이동 둘레길, 노르웨이의 피오르드 보다 더 정취 있고 아기자기하며 자신을 돌아보게 하는 구도의 보행코스처럼 느껴졌다. 동기생들과 가을을 함께 하니 즐거움은 배가 되고 아름다움도 배가 되었다.

　우리 일행은 비수구미에 애정을 남기고 평화의 댐과 비목공원으로 달렸다. 평화의 댐은 비수구미에서 그리 머지않은 북쪽에 자리 잡고 있고 해설사가 우리를 기다리고 있었다. 먼저 거대한 댐 옆에 있는 평화의 종에 다가가 해설을 들었다. 댐은 길이 600m, 높이 125m로 북한 금강산댐의 수공과 홍수 예방을 위하여 화천읍 북한강에 축조된 것이다. 평화의 종은 얼핏 보면 거대한 청동색 주조로 된 에밀레종과 같은 형태를 하고 있었다. 해설사는 이 종은 분쟁을 경험한 세계 60개 국가에서 보내온 탄피를 녹여 만들었다고 하였다. 종을 치고 그 종에 손을 대고 소원을 빌면 소원은 이루어진다고도 하였다. 동행한 동기의 동서인 미국인은 알아듣지도 못하는 해설을 우리보다 더 열심히 듣고 있었다. 열심히 해설하는 해설자를 배려한 때문이었을 것이다. 우리 일행은 7명씩 타종막대 양쪽으로 늘어섰다. 그 다음 우리는 기념사진을 한 컷 찍고 해설사의 안내에 따라 타종막대에 달려있는 손잡이를 잡고 뒤로 당겼다 힘껏 밀어 쳤다. 종은 은은하게 천에 물감 번지듯 멀리 번져나갔다. 타종 후 우리는 모두 종에 손을 갖다 대었다. 나는 종소리의 부드러운 진동을 느끼며 우리 가족과 동기생 가족의 건강과 행복 그리고 세계 인류의 평화와 번영을 빌었다. 그리고 평화의 댐 한쪽에 조성된 비목공원을 바라보자니 소프라노 신영옥이 부르는 '비목'이 처연하게 가슴에 스며들었다.

초연이 쓸고 간 깊은 계곡 깊은 계곡 양지 녘에
비바람 긴 세월로 이름 모를 이름 모를 비목이여~

우리 일행은 숙연한 마음 뒤로 하고 버스를 달려 양재 한식집에서 저녁을 함께 하였다. 한 친구 부부는 인근 자리에 앉은 친구들에게 술을 따르고 음식을 나누어 주며 덕담도 하고 우스개소리도 하며 분위기를 띄웠다. 럭비선수였던 그가 봉사정신이 남다르고 리더쉽을 발휘하며 분위기를 주도한다는 것은 처음 알게 되었다. 그의 부인도 막힘없는 화술로 스스럼없이 좌중을 즐겁게 하고 웃게도 하며 쥐락펴락 하였다. 두 부부는 성격과 언행도 비슷하고 마치 남매 같기도 하였는데 동갑내기라 하였다. 동기회장은 이 자리 저 자리 돌아다니며 동기들에게 술도 따라주고 부족함이나 불편함이 없는지 꼼꼼히 살폈다.

동기생들과의 이번 가을 트레킹은 동기간 단합과 세계평화를 염원하는 동행이었다. 또한 친구의 재발견과 동기생간 동행의 즐거움을 새롭게 인식하게 하는 뜻 깊고 행복한 여행이었다.

동기들아! 여행도 함께하고 가을도 함께하며 인생도 함께함이 어떠하겠는가!

레깅스 입기 문제

옷은 인간생활의 필수적인 기본요소다. 옷을 입는 의생활은 인간의 기본생활 중에서도 첫째로 꼽힌다. 음식을 먹거나 집에서 사는 것보다도 우선한다. 의식주衣食住라는 표현에서도 쉽게 알 수 있다. 우리 인간은 옷을 그만큼 중시하는 것이다.

옷은 사람만 입는다. 동물은 옷을 입지 않는다. 옷은 부끄러움을 면하거나 몸을 보호하기 위하여 입기도 하지만 사람의 신분을 나타내거나 예禮를 표시하기 위하여 입기도 하는 등 다목적으로 이용되고 있다.

성경책 「창세기」에서는 사람도 초창기에는 동물과 같이 알몸으로 살았으나 뱀의 꼬임에 빠져 에덴동산 한가운데 있는 선과 악을 알게 하는 선악과는 따먹지 말라는 하느님의 명령을 어겨 자기들이 알몸인 것을 알고 나서는 무화과나무 잎을 엮어서 두렁이를 만들어 입었다고 기록하고 있다. 우리 선조들은 예로서 의관을 중시하였다. 옷은 그것을 입은 사람보다 먼저 눈에 띄기 마련이다. 그래서 그러한지 옷이 날개라는 말이 있다. 옷을 잘 입으면 그 옷을 입은 사람이 한층 돋보인다는 말이다. 또한 옷이 날개고 밥이 분이다 라는 말도 있다. 옷을 잘 입으면 사람의 풍재도 좋아 보이고 밥을 잘 먹어야 신수도 좋아 보인다는 말이 될 것이다. 이렇듯 예나 지금이나 옷은 그것을 입은 사람에게 영향을 미치고 우리 생활에서 중시되었다. 한편 옷은 입는 사람뿐만아니라 그것을 보는 사람에게도 영향을 미친다. 우리나라뿐만 아니라 외국에서도 마찬가지인 듯하다. 더욱이 오늘날에는 옷은 몸을 보호하기 위하여 입는다는 것보다는 패션이나 멋, 모양새, 기능성 등으로 더욱 중시되고 있다. 그러하니 오늘날의 옷 입기는 전통적인 의생활이나 바른 옷 입기와는 다른 방향으로 나타나기도 한다.

천주교 신자인 4명의 아들을 둔 어머니가 여대생들의 레깅스 착용에 문제를 제기하였다. 그것도 자유의 상징이라 할 수 있는 미국에서이다. 레깅스는 여성들이 입는 몸에 착 달라붙는 옷이다. 발끝에서 시작되어 허리까지 오게 되기도 하는 밀착형 옷으로 레깅스를 신는다고도 한다. 신축성과 보온성이 뛰어난 타이즈 모양의 바지이나 몸에 착 달라붙어 몸매가 들어나 세련되어 보이기도 하고 육감적으로 보이기도 한다.

그 어머니는 노틀담대학에 다니는 아들과 함께 대학을 방문하였다가 레깅스에 짧은 상의를 입고 다니는 여대생들을 보고 그 대학신문에 레깅스 문제라는 글을 기고하였다는 것이다. 그 내용은 여대생들의 벌거벗은 뒷모습을 보고 싶지 않았으나 피할 수 없었고 젊은 남자들이 그런 여성을 무시하기란 어려울 것이라는 것이었다. 그러면서 다음 쇼핑을 할 때에는 아들을 둔 엄마를 생각해서 레깅스 대신 청바지를 사고 인기 있는 레깅스를 피하고 다른 트랜드를 이끄는 여성이 될 것을 권유하였다. 우리나라에서도 크게 여론화 되거나 화제가 되지 않았던 여성의 레깅스 착용이 미국사회에서 크게 문제가 된 것이다. 이에 대하여 여학생과 남학생 그리고 학부모들이 모두 나서 항의를 하고 단체 레깅스 시위까지 벌렸다. 여학생들은 여성 행동에 대한 책임을 여성 의상 탓으로 돌리는 것은 적절치 않고 취향은 강요대상이 아니다 라고 비판하였다. 남학생들은 여자들이 입고 싶은 옷을 입을 권리가 있다고 하였다. 어떤 여대생의 어머니는 남자들이 웃옷을 벗고 근육질 몸매를 드러내며 딸을 유혹하지 말도록 교육하여야 한다고 지적하였다.

아들을 둔 어머니와 딸을 둔 어머니의 주장과 견해는 모두 일리가 있다. 아들을 둔 어머니와 딸을 둔 어머니의 입장이 다르고 그것이 남자와 여성의 차이에서 비롯된 것이라는 생각을 하면 재미도 있고 웃음이 나오기도 한다. 아들을 둔 어머니는 보수적인 사람임이 틀림없다. 또한 틀림없이 아들을 사랑하고 걱정하는 사람일 것이다. 그 어머니는 같은 여자로서 굴곡이 드러나는 여자의 몸매를 보고 민망했을는지도 모른다. 그리고 남자의 심리나

생리를 생각하였을 듯하다. 젊은 여자가 뒤태가 들어나는 몸에 착 달라붙는 옷을 입고 나타나면 남자들은 그것을 외면하기란 쉽지 않을 것이다. 10~20대의 혈기왕성한 남성이라면 더욱이 숨이 탁탁 막힐 수 있다. 의식에 상관없이 신체의 반응이 일어날 수 있고 스스로 당혹스러워 할 수도 있다. 경우에 따라서는 본능을 자제하지 못하고 성희롱이나 성추행 등 성범죄로 이어질 수도 있다. 어쩌면 혈기왕성한 아들들이 그러한 여자의 모습을 보고 뜨겁게 끓어오르는 남성을 억제하기 위하여 얼마나 힘들어 할까도 생각하였을 런지도 모른다. 그러한 것들이 복합적으로 떠올라 그 같은 글을 대학신문에 까지 올렸을 듯도 하다.

가톨릭 미사에서는 여자들은 면사보라는 수건을 머리에 쓴다. 여성들의 소박한 생활과 정숙한 몸가짐의 표현이라 한다. 무슬림들은 베일을 쓴다. 부르카, 니캅, 차도르라는 몸을 가리는 의상을 입는 것이다. 부르카는 얼굴을 포함하여 몸 전체를 가리고 눈만 볼 수 있도록 망사형태로 눈까지 가리는 것이고 니캅은 눈만 내놓고 얼굴을 포함 몸 전체를 가리는 것이다. 차도르는 얼굴만 내놓고 몸 전체를 가리는 검은 색 계통의 의상이다. 모래바람이 많이 부는 열사의 나라에서 자신의 몸과 피부를 보호하기 위한 의상이라 할 수 있다. 이슬람 경전인 코란에는 무슬림 여성은 옷을 정숙하게 입음으로써 다른 남성들의 시선으로부터 보호하라는 규범이 있어 이에 따라 무슬림들은 그러한 의상을 착용한다고 한다. 가톨릭이나 이슬람이나 여성이 몸을 가리는 것은 여성의 정숙함과 관계가 깊은 것을 알 수 있다.

　내가 어렸을 때는 미사 보러 성당에 갈 때 여자들은 성경책, 성가책과 더불어 미사보를 꼭 챙겼다. 그러나 오늘날에는 교회에서 성가책을 비치하여 두고 있기도 하고 더욱이 최근에는 휴대전화로 성가나 성경을 볼 수 있게 되어서인지 성경이나 성가책을 들고 다니는 교인은 보기 어려워졌다. 그러한 때문인지 미사보를 쓰고 미사를 보는 여성 신자들도 전보다 많이 줄었다. 성당 측에서도 미사보 쓰기를 신자 개인에 맡기고 특별히 권장하지는 않는 듯하다.
　여자들은 쫄바지도 즐겨 입는다. 레깅스처럼 몸에 착 달라붙고 몸의 윤곽이 그대로 드러나는 바지이다. 평상복은 물론 여성들의 운동복으로도 많이 애용된다.
　어느 초등학교 담임선생님이 남녀 학생들이 학교에서 공동생활하는데 여학생이 몸에 꼭 끼는 바지를 입는 것은 권장할 만한 것이 못된다며 여학생들에게 쫄바지를 입지 말도록 하였다. 그러한 교육을 받고 자란 어린 여학생은 대학생이 된 후에도 쫄바지는 잘 입지 않았다한다.

　위 두 미국 어머니들은 상반된 입장에서 상반된 말을 하고 있으나 같은 발상에서 비롯되었다. 두 사람 모두 아들과 딸 등 자녀를 생각하고 그 입장에서 이해하고 있는 것이다. 그리고 옷의 기능성보다는 서로 남자와 여자를 현혹시키지 말라는 메시지를 전달한다. 우리는 어렸을 때 미국영화를 보며 미국사람들은 매우 자유롭고 개방적이며 성이 문란한 사람들로 생각하였다. 그러나 미국에서 생활도 해보고 깊이 있게 알게 되기도 하며 그러한 생각이 아주 잘못된 생각이었다는 것을 깨달았다. 두 어머니는 의상이 남녀 모두에게 영향을 미친다는 것을 강조하고 있다. 아들을 둔 어머니는 여성이 의상을 야(?)하게 입어 아들을 혼란케 하지 말라는 것이 될 것이며 딸을 가진 어머니는 남자들이 윗옷을 입지 않고 남성미로서 여성을 유혹하지 말라고 하는 것이다. 결국 그 말은 의상은 남녀 모두를 유혹하는 것과 관련되거나 크나큰 영향을 미친다는 것이다. 나아가 여성의 의상이 남성의 심리에 영향을 미치고 범죄의 원인 제공이 될 수 있다는 주장과도 닿아 있다. 지금껏 여성들이 말하기 싫어하고 남성들의 주장에 반박해 온 말을 두 여성들이 꺼내놓고 논쟁을 벌리는 것이 아이러니하다.

재물 얻기와 사람 얻기

우리는 살아가면서 재물에 투자하기도 하고 사람에 투자하기도 한다. 일반적으로 재물을 더 많이 얻기 위해 재물에 투자하고 재물을 얻는다. 그러나 사람에 투자하고 사람을 얻는 경우도 있다. 사람을 교육하여 인재로 만든다면 교육에 대한 투자, 사람에 대한 투자라 할 수 있을 것이다. 또한 학교에서 가르친 제자가 인재로 성장하고 동량지재가 되어 한몫을 하고 스승에 도움을 주고 기쁘게 한다면 사람을 얻었다 할 수 있을 것이다.

내가 대학에서 가르친 제자가 사회에서 한몫을 하고 나와 함께 사업을 추진하여 성취하는 일이 생겼다. 꿈에도 생각하지 못하였던 일이다. 대학졸업 후 중국에서 생활하는 제자가 나의 문학, 문인의 국제교류 제안을 수용하여 스승이 구상한 행사를 훌륭하게 수행한 것이다.

한국생활문학회 국제화 구상의 일환으로 한국생활문학회의 작품과 회원문인의 국제교류를 중국에서부터 추진하기로 하였다.

문학단체간의 국제교류는 의미 있고 또 국경이 없는 인터넷 시대에는 더욱 당위성이 있다. 한국문학이 일찍이 개방되고 국제화되었다면 노벨문학상을 진작 받을 수 있었을 것이란 생각도 해 보게 된다. 우리 한국생활문학회의 활성화와 국내 다른 문학단체와의 차별화를 위해서도 우리 문학단체의 국제화, 국제교류가 필요하다 생각하였던 것이다. 또한 한국문단과 한국문학의 성장, 발전을 위해 국제화는 필수적이란 생각을 갖고 있던 터였다. 그리하여 우리 문학단체의 발전을 기하고 나아가 우리나라 문단과 문학의 발전을 위해 힘들더라도 적극적으로 추진하기로 하였다.

먼저 국내 문학단체의 선례를 참고하기로 하여 선례를 찾아보았다. 참고할 만한 국내 문학단체의 주도적 국제교류 추진사례를 찾지 못하였다. 하는 수 없이 창조적 기획을 하여 미개척분야를 개척한다는 심정으로 국제교류 사업을 추진하기로 하였다.

우선 국제교류 파트너단체나 기관, 대상국의 선정을 위해 각 나라의 문학단체 등에 서큘러 레터를 발송하거나 대사관을 이용하는 문제를 생각하였다. 그러나 시간과 노력을 생각하니 효율적이지 못하다는 판단을 하게 되었다. 할 수 없이 사적인 네트워크를 이용하기로 하고 연고가 있는 유럽의 1개국과 아시아 2개국으로 압축하고 어느 나라를 선택할 것이지 고민하였다. 소요경비와 접근 가능성, 성공 가능성 등을 기준으로 장기간 고민 끝에 회원의 입장에서 최소한의 경비로 최대의 효과를 낼 수 있는 길은 중국이란 결론에 도달하였다.

　그리하여 일단 중국 여자와 국제 결혼하여 중국에서 살고 있는 대학 제자를 통하여 시도해 보기로 하였다. 그가 구정에 내한하여 전화로 문안인사를 해왔을 때 가족을 집으로 초대하여 저녁을 함께하기로 하였다. 부인은 대학교수며 학과장 겸 학장 보직을 하고 있었지만 집사람과 부엌에서 반찬을 같이 만들고, 음식을 식탁에 나르고 예절 바르고 반듯한 우리 한국인 주부와 다르지 않았다. 초등학교 4학년 딸도 부모를 닮아 예절 바르고 귀여웠다. 마음에 쏙 들었다. 가볍게 한잔하며 나의 구상을 말해보았다. 제자는 먼저 내가 대학 재직시의 전공과 다른 분야에서 활동하고 있는 것에 무척 놀라는 표정이었다. 나는 문학을 하고 싶었지만 생활을 위해 다른 분야를 전공했고 정년퇴직 후 드디어 원 전공으로 돌아왔다고 했다. 그리고 아직 우리나라 문단, 문학이 국제사회에 널리 알려지지 못하고 우물 안 개구리 수준에 머물러 있어 우리 문학과 문단을 외국에 소개하는데 애를 써 보고 싶다고 했다. 그리고 먼저 중국과의 국제교류부터 시작하려하고 만일 한인 문학단체가 있다면 그 단체 관계자와도 만나보고 싶다 하였다. 의외로 바로 기대하던 응답이 돌아왔다. 한인 문학단체는 중국에 돌아가는 즉시 알아볼 것이고 대학과의 교류는 내 구상대로 가능할 것이라고 했다. 그리고 중국에 돌아가 바로 한국문학과 문인의 국제교류를 추진하며 연락을 주겠다고 했다.

제자와 나 사이 서로 신뢰가 있으니 일의 추진은 신뢰를 바탕으로 신속하게 일사천리로 진행되었다. 평소 존경하던 교수님의 일이니 만사 제쳐놓고 적극적으로 진행하겠다고 하였다. 어려움은 시간을 가지고 기다리면 결국은 뜻한 바대로 이루어졌다. 그 대신 내내 긴장하고 신경 쓰며 순발력 있게 대처하지 않으면 안 되었다. 문인과 문학작품은 어떤 형식으로 교류하게 할 것인지, 당사자는 누구로 할 것인지, 누구를 초청하고 누구를 대상으로 할 것인지, 문제발생시 대처방안 등 문자가 오는 대로 즉시즉시 회신해 주지 않으면 안 되었다.

결국 행사는 한국생활문학회 회원 문인과 회원 작품 위주로 하고 우리의 희망대로 조선족문학회를 참여시키기로 하였다. 우리를 대접하기 위하여 정부승인을 받아 공식적인 대련외대 초청방식으로 한다고 하였다. 대학 측에서는 우리 일행이 이용할 버스를 제공하고 공식행사 후 점심과 저녁만찬까지 제공하며 더욱이 우리가 방문하고 싶다고 한 여순 유적 관광지의 입장료까지 대납해 주는 방향으로 추진한다고 하였다. 우리는 전혀 상응하는 부담이 없다고도 하였다. 너무나 일방적인 대접이었다. 일반적으로 만찬은 한번 제공한다고 하며 두 번의 식사제공은 이례적인데 특별히 추진한다고 하였다. 나는 절대 무리하지 말라고 당부하였다. 우리가 부담할 것은 우리가 부담할 수 있다고도 하였다. 또한 서로 득이 되어야 하고 상호주의 원칙하에 중국측도 득이 되는 방향이 되어야 한다고 강조하였다. 중국의 대학에서 다년간

교무처장으로 행정을 담당하였던 우리 회원 한 분도 중국측 태도가 믿기지 않는다며 절대 믿지 말라고 우려를 표시하였고 중국을 잘 아는 지인도 상식적으로 이해가 안 된다며 중국측을 기대하지 말라고 충고해 주었다. 나는 중국과의 관계는 경험이 없지만 제자는 믿는다며 확신을 가지고 추진하겠다고 하였다.

중국측은 한국의 문학작품을 번역하고 발표하고 토론하는 대학행사로 진행하기로 하고 우리가 발표할 방중 회원 작품을 중국어로 번역하고 자료집까지 만들어 주기로 하였다. 우리 한국생활문학회 회원의 작품은 한국문인의 작품이 되고 우리는 한국을 대표하는 문인이 되게 되었다.

양측을 대표하여 제자와 나는 행사의 성사를 위해 거의 매일 하루에도 몇 차례씩 진행상황을 서로 전달하고 전달 받았다. 문제가 발생하면 즉시 대책을 논의하고 해결방안을 제시하였다. 방중 명단을 확정하고 회원이 발표할 작품을 보내고 정부승인을 신청하였다. 대학초청 공식행사로 성격을 확정하고 정부승인이 나오기를 기다렸으나 정부승인이 빨리 나오지 않아 애를 태웠다. 한국생활문학회를 정부승인 전 조사한다고 하였다. 나는 급히 우리 문학회를 소개하는 이메일을 작성하여 보냈다. 중국측은 한국 내에 있는 사람을 통해 한국생활문학회에 대한 정보를 받았다고 하였다. 출국 수일 전에야 정부승인이 나온 것이다. 이에 따라 한국생활문학회는 대련외대의 공식 초청을 받고 한국문학작품의 발표와 토론 등 국제교류를 위해 방중하게 되었다.

우리는 안중근 의사와 민족사관사학자 신채호 선생의 얼이 서려 있는 여순감옥과 부회장 한분이 요청한 대련박물관의 방문희망을 피력하였다. 3·1운동 100주년을 맞이하여 안중근 의사가 옥사한 여순감옥을 돌아보고 싶다는 생각이 중국을 국제교류 1순위로 결정하는데 고려요인이 되기도 하였었다.

제자는 여순 유적지를 입장할 수 있도록 사전 예약을 해놓고 해설자까지 요청해 두었다 하였다. 또한 우리가 조선족문학회에 그곳까지 동행하기를 요청하면 그들도 우리와 동행할 것이라고 말해주어 동행을 요청하였다. 결국 그들도 우리 일행과 같이 학교 버스에 동승하여 이런 얘기 저런 얘기를 주고받으며 잠시나마 우의를 나눌 수 있게 된다.

대학에서의 한국작품 발표 토론회 공식행사는 대련외대 국제문화교류중심건물 2층에 있는 한국문화원을 방문하는 것으로 시작되었다. 시간 관계상 문화원 한국학도서실과 한국 의상과 장고 등 국악기가 있는 체험관을 둘러보고 영상을 본 후 아래층 한국문학작품 발표 토론회장으로 서둘러 발길을 돌렸다. 행사장에 입장한 후 한국에서부터 가지고 간 회원들의 작품집인 시집, 수필집, 소설집을 한국생활문학회장이 한국문화원장에게 기증하였다. 그 책은 한국문화원도서실에 비치되어 이용된다고 하였다.

문학작품 발표 토론회 행사는 조선족 문인들, 한국어를 아는 한국어과 교수들, 한국어과 대학생들과 통번역대학원생들 그리고 우리 일행 등이 참석한 가운데 진행되었다. 대련외대 강 부총장의 인사말과 최 총영사의 인사말에 이어 한국생활문학회 회장의 인사말이 이어지고 남조선족문학회장의 인사말로 시작되었다. 그리고 시부와 수필부로 나누어 우리 문학회와 조선족문학회 회원들이 자기 작품 발표를 하였다. 다음 한국작품을 중국어로 번역한 통번역대학원생들이 중국어로 낭송을 하고 낭송이 끝난 후에는 질의 응답 순으로 이어졌다.

분위기는 진지하고도 성대하며 참석자는 열성적이고 다소 긴장하는 눈치였다. 첫 번째 국제교류행사는 기대한 대로 대성공이었다. 모두 대학 제자의 수개월 계속된 노력과 열성의 결과였다. 35년 대학에 봉직하며 재물은 모으지 못하였지만 사람은 얻었다는 생각이 들었다. 지금도 환갑을 넘긴 할아버지가 나를 교수님하며 반기며 연락해 오는 제자를 다시 생각해 본다. 딸의 결혼식에 우리 부부를 초대하여 우리 부부가 제자 여식의 결혼식에 참석하기도 하였다. 그러나 모든 제자가 다 그런 것은 아니다. 대학원에서 지도하여 박사가 된 제자 중에는 내게서 7년 지도를 받고 박사학위를 받은 뒤 중국 모대학교 교수가 된 중국 학생도 있고 내게 지도교수를 부탁하여와 나의 지도로 박사학위를 받은 미국인도 있었다. 그 중국 교수는 내게 수십 번 청도에 오시면 최고로 대접하겠다며 매년 1월 1일이면 새해인사를 5년 이상 전화로 해오다 어느 해부터 전화가 끊어졌다. 미국인 대학원생은 나의 지도로 박사학위를 받은 후 국내 모 유명 대학의 교수를 하였다. 그 후 미국으로 들어간 후 연락이 없다. 대학원에서 가르친 제자 중에는 4선의 국회 중진의원도 있고 한때는 나는 새도 떨어뜨린다는 모 정당의 중진으로 모 단체장을 하던 인사도 있었다. 또한 타 대학의 교수로서 박사과정에서 나의 지도를 받고 싶다하여 지도교수를 맡기도 하였다. 그 국회의원은 회기 중이라 비서를 대리 출석하게 해달라고 요청하여 공부를 어떻게 대신 하느냐고 거절한 바 있고 출석점수만큼은 엄격하게 하여 내 수업은 출석 안 하면 점수가 안 나오는 교수로 인식되기도 하였다. 그들 원생들은 재학 중 원칙주의자라는 호가 붙은 내게 호감을 갖지 않았을 것으로 생각은 하지만 학위 취득 후에는 내게 전화인사 한번 해오지 않았다. 선생은 있어도 스승은 없고 학생은 있어도 제자는 없다는 세상이다. 제자도 제자 나름이다. 오늘날 사람에 투자하여 사람을 얻기란 재물에 투자하여 재물을 얻는 것보다 어렵다는 결론에 도달하게 된다.

강남 1970과 잔인성, 자극성

영화를 보면 느낌과 잔상이 있다. 영화를 비평하기 이전 시청각적인 느낌이나 관람 후 한동안 머릿속에서 지워지지 않는 영상이다.

어젯밤 모처럼 집사람과 영화 「강남 1970」을 보기 위해 코엑스 몰에 갔다. 막내딸이 진작 예매해 놓은 것이었다. 코엑스 몰은 장기간의 개선 공사 끝에 신장개업을 하였다. 보행 통로가 전보다 넓어져 보다 밝고 쾌적한 느낌을 주었다. 전에 있던 서점 반디 엔 루디스는 보이지 않고 대신 영풍문고가 들어왔다. 메가박스 영화관도 ㅁ자형 통로를 만들고 창고형 느낌을 주도록 설계되어 있었다.

영화는 1970년대 강남개발에 관련된 비하인드 스토리를 픽션으로 엮은 시인 감독의 작품이었다. 집사람은 한때 주연 이민호의 광팬으로 그의 영화계 진출에, 나는 시인감독 작품이라는 점과 강남개발과 우리 집의 강남 이사가 연상되어 각별한 기대를 가지고 관람하였다. 특히 국제적인 영화라는 광고에 현혹되어 더욱 관심이 컸다.

영화는 두 넝마주이의 야망을 통해 부동산 개발과 정치 커넥션을 일종의 갱영화로 만든 것이었다. 영화 상영 시간은 장장 140분이나 되었다. 나는 영화가 끝날 때까지 한 번도 졸지 않았다. 나는 영화를 보며 가끔 졸기도 한다. 영화가 지루하거나 별로 인상적이지 못하는 경우 가끔 저절로 눈이 감기는 것이다. 집사람은 몇 차례 눈을 감았다 한다. 지루해서가 아니고 너무 잔인한 폭력 장면이 나오는 부분에서 잠시 눈을 감았다고 하니 그 정도 수준은 되는 영화라고 할 수 있을 듯하다. 전체 스토리 전개 내지 구성은 단순하지만 제법 짜임새가 있어 보이고 재미도 있었다. 그러나 시인 감독이 의외로 부동산 영화를 너무 잔인하고 자극적인 갱영화로 만들어 버렸고 그 같은 유형의 다른 국내외 영화와 크게 차별화되지 않았다. 차라리 부동산관련 영화로 박영한의 「우묵배미의 사랑」 등과 같은 멜로드라마 류의 영화로 만들었으면 어떠했을까 하는 생각이 들었다.

영화를 보며 내가 1970년대 말 성북동 한옥의 강북시대를 마감하고 강남 아파트로 이사하던 때가 생각났다. 당시 내가 신청한 삼호건설에서 분양하는 강남의 아파트 경쟁율은 100：1이 넘었는데 휴가 나온 동생이 추첨하여 당첨이 되었었다. 그 즉시 프리미엄이 엄청나게 붙어 한밑천 벌었다고 하였다. 그 아파트에서 우리 부부는 신혼 생활을 시작하고 그 후 우리 본가도 강남으로 이사하여 우리 집 강남시대가 개막되었었다. 당시 강남의 농사꾼들이 졸지에 거부가 된 재미 있는 얘기도 많았고 강남개발시대 잘 나가던 건설사가 그 후 도산한 교훈적 사례도 있었다.

이 영화에서는 그런 에피소드는 없고 시종일관 폭력조직의 잔인한 살상 장면과 자극적인 섹스 장면이 수차 반복되었다. 시인 감독 작품이라지만 영화의 흥행과 상업성을 의식하여 만든 듯하였다. 영화가 주는 재미나 감동보다 잔인성과 자극성이 더 강하게 남아 아쉬웠다. 미국과 캐나다를 비롯하여 동남아 여러 나라에서 개봉되는 세계적인 블록버스터를 노리는 영화라고 광고하고 있으나 개운하지 않았다. 갱영화로서 비교해 본다면 한류스타 이민호의 영화보다 마론 부란도나 알 파치노의 「대부」가 더 격이 높을 듯하였다. 영화관을 나오며 추적추적 가을비 내리는 어둔 뒷골목을 우산 없이 걷는 느낌을 받았다. 계속 어둡고 무거운 마음이 짓눌러 편치 않았다. 마치 「부활」이나 「죄와 벌」 등 러시아 장편 문학작품을 읽은 후의 무겁고 침울한 느낌이었다. 심성 곱고 나이브한 여성들에게는 그 영화를 추천하고 싶지는 않았다. 영화 스토리나 구성보다는 영화의 폭력성과 잔인성이 잔상으로 남아 계속 기분이 찜찜하였다.

어깨 가방(백 팩)

아내가 요즈음 어른들에게 유행한다며 가방 하나를 사왔다. 양 어깨에 메는 어깨 가방(백 팩)이다. 책 몇 권이나 서류를 손가방에 들고 다니거나 배낭에 메고 다닐 때마다 채권 장사 같다느니, 등산 가느냐고 못 마땅해 하더니 드디어 어깨 가방을 사온 것이다. 나는 나이 70, 80대의 머리가 허연 노인들이 가방을 어깨에 메고 다니는 것을 다소 어색해 보인다고 생각해 온 터였다.

우리 또래는 초등학교를 다닐 때 양 어깨에 가방을 메고 다녔다. 초등학교 입학선물로는 연필이나 가방이 최고였다. 가방을 메고 달리면 덜컹덜컹 필통소리가 났다. 어린 초등학생이 학교 갈 때면 그 부모들은 리쿠사쿠 어디 있느냐고 가방을 챙겨주곤 하였다. 독일어 뤼섹의 일본인 발음을 그대로 따라한 것이다. 중학교에 입학하면서 어깨 가방은 손에 들고 다니는 손가방으로 바뀌었다. 손 책가방을 들고 뛰기는 어려워 점잖게 걸을 수밖에 없었다. 그래서 그런지 남자의 어깨 가방은 어린이들의 전유물처럼 생각하는 선입견을 갖고 있었다.

사다준 어깨 가방을 자주 사용하지 않자 이번에는 한쪽 어깨에 메거나 목에 걸어 크로스 하여 옆구리에 차는 자그만 주머니 가방을 사왔다. 남녀 공용이라며 둘이서 같이 사용하자고 한다. 책 한 권 정도는 들어갈 수 있는 작고 쓸모 있는 지갑형의 가방이다. 한쪽 어깨에 메도 되고 목에 걸어 옆구리에 오도록 하는 것이다. 이 또한 우리 세대가 어렸을 적에 많이 사용하던 것이다. 우리 세대의 유치원생들은 너나 할 것 없이 목에 걸어 크로스 하여 한 쪽 옆구리에 차는 가방을 갖고 다녔다. 내가 시골에서 학교 다닐 때는 보자기에 책을 둘둘 말아 보자기 한 쪽 끝은 목 옆으로 다른 한 쪽 끝은 겨드랑이 밑으로 하여 양쪽 끝을 묶어 메고 다니기도 하였다. 보자기는 용처가 많아 책가방으로도 훌륭하게 이용되었다. 이제 할아버지 세대가 되어 유치원 다닐 때 가지고 다니던 가방을 다시 사용하게 되고 초등학고 다닐 때 양 어깨에 메고 다니던 어깨 가방을 다시 사용하게 된 것이다.

유행은 돌고 돈다지만 어린 시절 사용하던 어깨 가방을 다시 사용하려니 만감이 교차한다. 처음에는 사다준 가방을 만지작거리기만 하다가 아내 몰래 다른 가방을 들고 나갔다. 그러나 거리에 나서면 백발의 노인들이 양 어깨에 가방을 메고 다니거나 작은 주머니 가방을 목에 걸어 크로스 하여 다니는 것을 많이 보게 된다. 백발의 할머니조차 긴치마를 입고 어깨가방(백 팩)을 메고 다니는 것도 쉽게 볼 수 있다. 이젠 노인들의 어깨가방 사용이 일반화 되가는구나 생각하고 용기를 얻는다. 그리고 백발의 조부모가 어린 손주와 나란히 어깨 가방을 메고 손잡고 걷는 모습을 상상해 본다. 또한 남녀가 같은 가방을 메고 걸어가는 모습도 상상해 본다. 다소 어색하고 멋쩍어 보이기도 한다. 그러나 간편하자고 또한 새로운 디자인으로 만든 생활용품인데 굳이 애어른과 남녀를 구별할 필요가 있을까 하는 이성적인 생각을 하게 된다. 그리고 슬쩍 어깨 가방을 꺼내어 메어보니 다시 어린 시절로 돌아간 느낌이다. 책가방을 어깨에 메고 뛰어다니던 어린 시절을 생각하며 잠시 거실에서 뛰어도 본다. 슬그머니 웃음이 나오기는 하나 어린 시절로의 회귀가 싫지는 않아 앞으로 계속 사용하기로 마음을 굳힌다.

별난 고해성사

    판공성사를 하여야 한다기에 성당으로 무거운 발걸음을 옮겼다. 매년 판공성사 때가 되면 신자답지 못한 신앙생활을 성찰하며 똑같은 후회를 몇 번이나 반복하는지 모르겠다. 판공성사는 가톨릭 신자가 의무적으로 하여야 할 고백성사이다.

    고백성사는 가톨릭 신자가 자신이 지은 죄를 진심으로 뉘우치면서 사제를 통해 하느님께 죄를 고백하고 용서의 은총을 받는 성사가 아닌가. 고백성사를 하며 다시는 죄를 짓지 않겠다고 결심을 하지만 사회생활을 하며 의식적이든 무의식적이든 여러 가지 죄를 짓게 된다. 죄를 지은 신자가 회개하고 하느님께 돌아올 수 있는 예식이 고해성사라고도 할 수 있다. 고해성사는 죄 때문에 받을 벌을 면제하여 주고 죄의 유혹과 싸워 이길 힘을 키워 준다고 로마 가톨릭교회에서는 가르친다.

    나와 같이 독실하지 못한 신자는 고백성사에 부담을 느껴 무거운 마음이지만 판공성사를 기회로 이용한다. 평소에 개인별 고백성사를 제대로 하지 못하고 판공성사 때나 되어서야 뒤늦게 다른 신자들과 함께 집단 고백성사를 하게 되는 것이다. 또한 나는 고백성사 할 때가 되면 늘 무슨 죄를 고해야 하는지에 대하여 고민을 하여왔다. 특별히 고백할 것이 없다고 생각하여 성사에 제대로 참석하지 못한다는 등 형식적인 것 같은 고백을 반복하는 것이 부담스러웠기 때문이다. 또 누구인지 모르도록 고해소 가림판이 있는 사제 앞에서 하는 고백이지만 남에게 내 죄를 고한다는 것이 아무렇지만은 않았기 때문이다.

사제가 진행하는 판공성사에 따라 나누어 준 종이를 읽어보니 올 한 해 나의 삶에서 감사드려야 할 일을 생각나는 대로 적어봅시다 라고 쓰여 있었다. 즉시 나름 지난날을 회상하며 두 가지를 적었다. 또한 한 해 동안 주님과 이웃, 그리고 가족과의 관계에서 게으르거나 무관심하거나 지나치거나 해서 평화와 사랑의 관계가 깨진 것이 있다면 생각나는 대로 적어봅시다 라는 문구도 보였다. 성사를 제대로 지키지 못한 일과 마음속으로 지은 죄 등 몇 가지 등을 생각나는 대로 적었다. 그러나 묵상과 성찰 편지쓰기에서는 고민을 하지 않을 수 없었다. 한참을 고민 끝에 생각나는 몇 가지를 어렵게 적었다. 그러면서 부끄럽고 창피하게 생각하였다. 지은 죄를 고백 할 때엔 제대 앞에 늘어선 여러 사제 앞에 나아가 줄을 서서 낮은 목소리로 종이에 적은 죄를 짤막하게 고백하였다. 그리고 볼펜으로 적은 나의 고백성사지를 수거할 때엔 남이 보지 못하도록 남의 것의 밑에 두어야겠다고 까지 생각하였다. 남은 관심도 없고 또 그것을 걷을 때 남의 것을 볼 시간도 없다는 것을 알면서도 말이다. 그러나 전혀 예상하지 못한 일이 벌어졌다. 판공성사를 진행하던 신부님은 고민하며 정성들여 볼펜으로 또박또박 적은 고백지를 제출하라고 하지 않고 성당 마당에 놓인 드럼통의 불 속에 던져 버리라는 것이었다. 그 내용을 읽어 보겠다는 것이 아니라 이미 자기 죄를 성찰하고 용서를 구하였으니 그 종이는 태워버리라는 것이다. 고백한 내용은 비밀이 철저하게 보장되도록 하였다. 놀라는 마음으로 대성전 문을 나서 마당으로 나가니 마당 한가운데에 군고구마통 같은 큰 드럼통에 장작불이 활활 타고 있었다. 그리고 대성전에서 나온 신자들은 모두 그 불 속에 자기들이 고백한 종이를 던져 버리는 것이었다. 나도 부끄럽게 생각하며 정성들여 작성한 고백지를 아낌없이 던져버렸다. 그리고 내가 지은 모든 죄가 활활 타 없어지고 내 몸과 마음이 깨끗하여 지기를 기도하였다. 형사상의 죄가 아니고 종교상의 죄라하더라도 모든 죄를 용서받는 느낌이었다. 귀가하는 발걸음이 가벼웠다. 내가 평생 고백성사가 필요 없는 완전무결한 삶을 살 수 있을까 하는 생각이 머리를 스쳤다

어느 여행단, 어떤 해프닝

우리 3남매 부부가 북유럽지역 여행에 나섰다. 우리 5남매 부부는 지난 수년간 수차 해외여행을 다니면서 별 탈 없이 즐기고 아름다운 추억을 많이 남겼다. 그리하여 일 년여 만에 또 다시 북유럽여행을 함께 하기로 의기투합한 것이다. 당초 5남매 부부가 모두 동행하기로 하였으나 두 동생 내외는 예상치 못한 수술 등 사정상 동행하지 못하였다.

동기同氣 부부의 여행은 화해와 화합의 여정이기도 하다. 또한 가을 인생의 의미를 생각하며 건강을 만끽하고 생을 정리해 나가는 여정이기도 하다. 다소 소원하고 불편한 관계에 있던 동기부부간이라도 함께 여행을 하면서 이해의 폭을 넓히고 공감하며 화합하기도 한다. 우리 동기부부의 경우에는 여행도 즐기며 더불어 우애를 돈독히 하고 단합하며 행복을 공감한다. 그 맛을 아는 우리 동기부부는 동기부부의 여행을 계속 이어가고 있는 것이다.

나는 수시로 두 다리로 걸어 다닐 수 있을 때 여행을 해야 한다고 바람을 잡고 동생 부부들도 이에 동조한다. 이미 우리 부부는 한쪽 무릎의 퇴행성 관절염을 앓고 있고 수술을 받기도 하는 등 무릎이 부실하며 두 여동생들도 크게 다르지 않다. 막내 동생은 이번 5남매 부부 동반여행에 합의하고 여행사에 예약까지 한 후 암이 발견되어 암수술을 받게 되었다. 다행이 수술경과가 좋아 해외여행을 할 수 있을 정도로 건강이 회복되면 동행하기로 하였으나 촉박한 예약일 관계로 이번 여행에는 불참하게 되었다. 나이 60 이상이 되니 몸이 마음을 따라가지 못하는 수가 있다. 그러하니 여행 약속도 본의 아니게 지키지 못할 수 있게 된다.

여행사에서 만들어 준 일행 명단을 보니 여자 20명, 남자 12명 전체 일행 32명이었다. 여자가 남자보다 훨씬 많았다. 근래 해외여행의 일반적인 추세라 한다. 우리 6명 한 팀 외에 그 인원 또 한 팀 그리고 8명 한 팀과 2명 4팀 외 3명 한 팀이었다. 그리고 유일하게 혼자 참가한 여자 한 명은 여자 3명 팀에 배속되었다. 근래 해외여행은 2명 이상이 함께 하는 것이 대세인 듯하다. 부부가 가장 많고 형제자매, 친구, 지인 사이 등이었다. 인상적인 것은 전체 일행의 평균연령이 65세라는 사실이었다. 40대의 젊은 부부도 한 쌍 있었지만 대부분이 70세 전후였다. 여행 일정이 비교적 길고 여행 비용이 적지 않다 보니 직장 젊은이들은 참가하기 어려운 듯하였다. 출발 전 노인들 일색이어서 이번 여행 일정은 순조롭지 못할지 모른다는 불안감이 들었다. 그러나 간편복 차림으로 화장을 하고 신경을 써서인지 대체로 나이보다 젊어보였고 생각보다 팔팔하고 기동성이 있어 보였다. 실제 우리 일행은 하루에 3회 승선하는 유람선 탑승과 조각공원, 박물관 감상, 해발 900m 고지 호텔 주변의 산책 등에도 별 어려움 없이 전원 군대처럼 질서정연하게 아무 탈 없이 잘 움직였다.

문제는 여행 초기 오슬로에 있는 노르웨이 국립미술관에서 발생하였다. 우리는 모스코바를 경유하여 코펜하겐에서 내려 일박하고 다음날 저녁 유람선편으로 17시간을 항해하여 오슬로에 기항한 후 시내관광을 하였다. 그리고 국립미술관도 방문하였다. 가이드는 여행지마다 도난사고를 언급하며 주의를 당부하였다. 그러나 8명 팀의 일원이 미술관 내에서 미술품감상 도중 휴대폰을 도난당했다는 갓이다. 미술관은 세계 각국에서 온 관람객들로 북적거렸고 특히 뭉크의 방에서는 더욱 그러하였다. 나는 뭉크의 「마돈나」에 이어 그의 대표작으로 손꼽히는 「절규」에 대한 해설을 흥미 있게 듣고 있을 때였다. 휴대폰은 누구에게나 모든 정보원이며 제일 소중한 물건이 아닐 수 없다. 가이드는 도난당한 휴대전화를 찾는다고 동분서주하고 도난당한 사람은 정신 나간 표정이었다. 우리 일행은 도난당한 사람과 도난사고를 걱정하며 신경을 쓰느라 미술품 감상을 제대로 할 수 없었다. 불안한 마음으로 서둘러 미술품 감상을 마치고 버스로 돌아오니 도난당했다는 휴대폰을 버스 좌석 위에서 찾았다는 것이다. 참으로 다행스러웠다. 만일 휴대폰을 찾지 못하였다면 그 이후 우리 일행 모두가 즐겁게만은 여행하지 못하였을 것이다. 그러나 한편 일행 모두는 허탈해 하며 씁쓸한 표정을 지울 수 없었다. 그 후 도난사고 해프닝을 연출한 당사자는 새 휴대폰 살 돈이 굳어 그 돈으로 에스토니아 탈린에서 샀다며 큼직한 호박반지를 끼고 다녔다.

또 한 번의 해프닝은 여행이 끝나갈 무렵 러시아 상트페테르브르크에서 에르미타쥐박물관(겨울궁전)으로 가는 관광버스 안에서 발생하였다. 에르미타쥐 박물관은 독일서 온 예카트리나 여제가 세계 각국의 미술품을 수집하여 세계적인 미술관이 되도록 한 곳이다. 예카트리나여제는 프러시아에 빌려준 돈 대신 프리드리히 2세로부터 그림 225점을 받고 그 후 그림 4천여 점을 더 사들여 미술관이 되게 하였다. 나는 호텔에서 박물관으로 향하며 렘브란트의 그림도 있다는 말을 듣고 혹시 그곳 미술관에 내가 좋아하는 렘브란트의 「약탈」이나 「돌아온 탕자」의 그림이 있을지 궁금해 하며 차창 밖을 내다보고 있었다. 그 때 갑자기 앞좌석에 앉은 일행이 휴대폰을 호텔 침대 위에 놓고 왔다며 안전부절 못하는 것이었다. 우리 일행들은 여기저기서 차를 돌려 가자고 소리를 질렀다. 인솔자는 이미 한참을 버스로 달려와서인지 아니면 예정된 미술관 입장시간을 의식해서인지 바로 결단을 내리지 못하였다. 다행히 출국 시부터 인솔한 인솔자 외에 현지 가이드가 동승하고 있어 그 가이드를 택시로 돌려보내기로 하였다. 가이드를 호텔로 보낸 후 우리 일행은 예정대로 그날의 일정을 차질 없이 진행할 수 있었다. 미술관에는 내가 좋아하는 렘브란트의 역동적인 그림 「약탈」은 없었지만 성서의 이야기를 그림으로 그린 「돌아온 탕자」는 있었다. 아버지에게 무릎을 꿇고 있는 아들의 머리가 삭발인 것은 당시 수감되었던 죄인은 머리를 깎아 아들은 전과가 있다는 것을 의미하는 것이라 하였다. 또한 아들의 두 발 중 한쪽은 맨발이고 다른 한쪽은 신을 신고 있는 것은 경우에 따라서는 다시 집을 떠나갈 수도 있다는 것을 암시하는 것이라고도 하였다. 인솔자는 도슨트 설명을 여러 번 들어서인지 제법 구체적으로 그림 설명을 잘 해주었으나 현지 가이드의 전문적인 그림 설명을 듣지 못한 것이 못내 아쉬웠다. 만일 현지 가이드가 있었다면 더 많은 그림들을 보다 상세한 설명을 들으며 감상할 수 있었을 것이나 우리 일행은 서둘러 그림 감상을 끝내고 돌아섰다. 그 후 호텔에 갔던 현지 가이드가 다행히 일행의 휴대폰을 찾아 갖고 돌아와 또 한번 가슴을 쓸어내렸다. 결국 현지 가이드는 일행의 휴대폰을 찾아주는 것 외제 역할을 하지 못하고 헤어지고 말았다. 가이드도 작별인사말에서 그것을 언급하며 매우 유감스럽다고 하였다.

이번 12일간의 동기 부부 북구여행은 전체 일행의 구성상 노익장을 과시하는 황혼 인생들의 친목 나들이 같은 느낌으로 일정을 소화하였다. 일행 모두 전 구간 큰 어려움 없이 돌아다녔으나 우리 부부는 지난해와는 다른 것을 절감하였다. 매제는 여행 내내 발가락 통증으로 신경 쓰더니 귀국 후 무지외반증 수술을 하고 말았다. 마음은 여전하나 몸은 한 해 한 해가 다른 것이다. 나이를 생각하면 동기 부부의 여행이 앞으로 얼마나 지속될지 모르겠다. 이번 여행을 마무리하며 일단 다음번에는 스위스로 휴양여행을 가자는 데 잠정합의하였다.

일행 32명은 별다른 사건 사고 없이 12일간의 간단치 않은 해외여행에서 건강하게 돌아왔다. 그러나 두 건의 휴대폰 해프닝은 여러 생각을 하게 한다. 우선 황혼 인생들이 쉽지 않은 해외여행에서 그 정도의 문제로 끝난 것이 다행이라는 생각이 든다. 그러나 그러한 해프닝으로 다른 일행이 같이 걱정하게 하고 여행의 즐거움을 감소시키고 불안하게 할 수 밖에 없었을까 하는 생각도 하게 한다. 인솔자 등 관련자와 소문나지 않게 조용히 해결할 수는 없었을까? 다른 일행의 심정과 일정도 배려하여 해결하는 방법을 모색하였다면 얼마나 좋았을까. 이번 단체여행에서 개인 문제 발생 시에는 우선 다른 일행에게 폐가 되지 않게 해결하는 방법을 모색해야 할 것이라는 교훈을 얻은 듯하다. 그것이 불가능할 때 차선책으로 다른 일행의 잔여 일정에 영향을 미치더라도 양해와 협조를 구하는 것이 도리일 것이라는 생각이 들었다.

문우의 재발견

수필 문우들과의 여행은 매번 즐겁고 새롭다. 대부분이 환갑을 넘긴 가을 인생들의 동행이지만 젊은 학생들처럼 전세버스 안에서 목청껏 소리 지르며 즐거워한다. 여행 시마다 초면의 낯선 문우가 등장하고 구면의 문우로부터는 새로운 모습을 발견하기도 한다. 한국수필의 신인상 당선작가 강원도 평창연수 행 버스는 마치 학생들의 수학여행이나 M/T를 방불케 하였다. 달리는 버스 안에서 남녀 문우 모두 나이도 잊고 체면도 잊고 선창자의 노래 선창에 따라 초등학생처럼 "빰 빠라 빰~ 빰! 빰! 빰!" 빵빠레도 외치고 박수도 치며 깔깔대기도 하였다. 자기소개 시간에는 나이 지긋한 남여 문우들이 초등학생 반장선거 유세처럼 자신을 분명하고 똘똘하게 잘도 알렸다. 모두 말을 참도 잘하였다. 글을 잘 쓰는 사람은 말도 잘한다는 생각을 각인시켜주었다.

평창에서 살고 있는 김시철 원로시인은 「글쓰기와 집짓기」라는 제목으로 특강을 해주었다. 그는 상처 후 그곳에 귀촌하여 15년째 통나무집에서 홀로 살고 있었다. 시인은 시를 쓸 때마다 집을 한 채 짓는다는 생각으로 글을 쓴다는 것이다. 어디에 어떤 모양으로 집을 지을 것인지에 대한 설계에서부터 시작하게 된다고 하였다. 또한 독자가 없는 글은 글일 수 없다고 하며 독자가 거듭 읽어도 이해할 수 없는 난해한 시는 시가 시를 기만하는 것이요 독자를 우롱하는 행위라고 한다. 내 생각과 크게 다르지 않고 쉽게 공감되었다. 나이가 들면서 가르치는 것보다 배우는 것이 더 즐겁다는 것을 절감한다. 35년 이상 학생들을 가르치다 퇴직 후 강의 요청에도 불구하고 이제는 남의 강의 들으며 배우겠다고 마음먹기를 잘 했다는 생각이 든다.

대화면 금당계곡 목조펜션에서 보낸 문우들과의 하룻밤은 퍽이나 인상적이었다. 그리고 여러 가지를 느끼고 생각하게 해주었다. 내가 투숙할 펜션은 방 하나에 주방 겸 거실이 있고 화장실이 있는 15평 정도 목조주택 2층이었다. 이곳에서 6,70대 문우 6명과 버스기사 등 7명이 동숙하게 된 것이다. 초면과 구면의 문우 함께였다. 내가 저녁식사 후 처음 만나는 문단 동기와 금당계곡을 산책하고 돌아와 숙소에 들어가니 문우 몇몇은 거실에서 TV를 보고, 일부는 요를 깔고 잠을 청하고 있었다. 이불장에서 침구를 찾으니 요는 있으나 이불이 없었다. 더욱이 7명 잠자리에 침구는 여섯 채만 있었다. 주인에게 이부자리 한 채를 더 요구하였으나 없다고 하였다. 방에는 침대가 하나 있었는데 누가 벌써 바지를 침대 위에 벗어놓고 찜해두고 있었다. 나는

요를 꺼내들고 거실로 나왔으나 깔 자리가 마땅치 않았다. 이리
저리 요 깔 자리를 찾아보다 어쩔 수 없이 싱글침대이긴 하나
침대 한 옆에 잠자리를 잡기로 하였다. 느지막하게 수필반 강의
를 하는 협회 사무처장이 들어왔다. 우리가 요 이불을 걱정하자
그는 괜찮다며 옷 입은 채 그대로 싱크대 옆 거실에서 잠을 청
하였다. 펜션 노숙자가 된 것이다. 의사협회 회장을 역임하고
57개의 발명특허까지 갖고 있고 있는 이 박사는 주방 싱크대 옆
모퉁이에, 아직도 안정된 사업을 하고 있는 강남 별빛 문학회
김 회장은 키가 커서인지 침대 옆 방바닥에 대각선으로 요를 깔
고 있었다. 다른 문우들은 주방 씽크대 옆 거실에서 웅크리고
있었다. 이 박사와 김 회장은 소문난 재력가로 강남 최고급아파
트 위아래 층에 같이 살고 있기도 하다. 주방 싱크대 옆 거실에
잠자리를 편 초면의 문우 한 분은 마주로서 수십 년 말을 타온
야생화 전문가라 하였다. 말하자면 모두 사회에서 성공하고 대
우받는 「귀하신 몸」인 것이다. 그럼에도 불구하고 그런 불편한
잠자리에 어느 한 사람 불평하거나 잠자리를 탓하지 않았다. 나
는 침대 한 옆 30여 센티미터 공간에, 침대 선점자에게 폐가 되
지 않도록 몸을 모로 세우고 문우들의 잠자리와 인성을 생각하
며 잠에 다가갔다. 아침에 눈을 뜨니 긴장해서인지 몸을 뒤척이
지도 않고 옷 입은 채 그대로 있었다. 한 침대에서 한 밤을 동침
한 문우 한 분이 내게 인사를 하며 악수를 청하였다. 나는 세수
도 못한 얼굴로 얼결에 내민 손을 잡으며 성명을 말해 주었다.

내 생전 전혀 알지 못하는 초면의 사람과 한 침대서 동침하고 다음 날 동침자와 인사 나누기는 처음이었다. 그는 이목구비가 또렷하고 입체적인 미남형이었다. 글 몇 줄로 인한 대통령 후보 정치인 필화사건, 신문 발행인 경력도 있는 산악인이며 여행가였다. 내가 일부구간만 여행하며 잔여구간 여행을 벼르고 있는 실크로드 전 구간을 3번씩이나 다녀왔다고 하였다.

문우들은 인물 좋고 말도 잘하고 재주도 많았다. 특히 가까이 어울려본 남자 문우들은 성격 좋고 인성까지 좋다는 것도 알게 되었다. 성공한 사람들의 유형을 보는 듯하였다. 신언서판의 의미가 새롭게 다가왔다. 신언서판은 과거 당나라 때부터 인재등용 기준이 아니던가. 인재 채용시 용모 좋고 구변과 문필 좋고 판단력이 좋은 사람을 뽑아 쓴 것은 충분한 이유가 있다고 생각되었다. 1박 2일을 함께한 문우들은 신언서판이 두드러진 듯하였다. 재인박덕이라 했지만 문우들은 재주도 많으면서 인성 좋고 후덕하였다. 이번 평창 연수는 문우와 글의 힘을 재발견하고 세상사 몇 가지를 새롭게 생각하고 눈뜨게 하였다.

수상 유감

가을이 깊어지니 생각도 많아지고 깊어지는가 보다, 공연하게 상이 화두가 된다.

우리 사회에는 각 종 상이 많이 있다. 또한 다양한 시상제도가 있다. 상은 그 용도나 가치도 달리한다. 상의 사전적 의미는 잘 한 일이나 훌륭한 일을 칭찬하기 위하여 주는 증서나 물건 또는 돈이다. 그러나 상은 수상자의 능력이나 특기 또는 사회적 평판이나 평가 등으로 인정되는 것이 오늘의 현실이다. 상은 오늘날 종종 특정목적을 달성하는 수단으로 이용되기도 한다.

대학입시에서 수상실적은 특기자 전형 등에서 유용하다. 그러하니 대학입학을 위하여 상을 많이 받기 위한 수상 전략이 수립되고 학원과외 등으로 과열되는 경향이 나타나고 있다. 최근 한 고등학생이 교내에서 주는 상장을 88개나 받았다고 하여 화제가 되었다. 이 학생을 포함한 다섯 명의 학생이 311개의 상장을 휩쓸었다 한다. 이렇듯 일부 고등학교에서는 상을 남발하거나 특정 학생에게 상을 몰아주어 대학진학 실적을 올리도록 한다는 것이다. 학생들의 학생부 종합전형은 내신 성적, 수상, 자격증, 창의적 체험활동 등을 종합적으로 평가한다. 대학입시를 위한 수상 실적이 문제가 되자 교육부는 2022년도 대학입시개편안을 발표하면서 학생의 수상 내역은 한 학기당 한 개 등 입력개수를 제한하였다. 수상문제는 대학입시에만 있는 것이 아니다. 특목고 등의 입시뿐만 아니라 여타 분야에서도 문제가 되기도 한다.

한 참전 지방에서 시민, 환경운동을 할 때의 일이다. 조직체계상 회장단 아래에 있는 분과위원회에서 발생된 사건이다. 어떤 분과위원장이 상부에 보고도 하지 않고 지방에서 각종 상을 시상하는 여러 단체들을 찾아다니며 그 분과위원들에게 상을 주게 하는 로비를 하였다. 분과위원들은 상 받기를 좋아하고 상을 받게 해준 분과위원장을 은인이나 능력자로 생각하였다. 로비를 하는 단체가 무시할 수 없는 시민, 환경단체인데다 상호 거래조건이 맞아 시상하는 단체는 그와 같은 시상을 거절하지 못하였다. 이러한 일이 수년간 계속되면서 지역사회에 소문이 나자 그 단체는 내부 진상조사에 나서게 되었다. 비판하는 사람들은 상을 구걸하고 조직의 이미지를 훼손하였다고 하고 일부에서는 자기가 상을 받겠다는 것이 아니고 남에게 상을 받도록 해준 것이 뭐가 잘못이냐고 따지기도 하였다. 결국 그 분과위원장은 퇴출되었다. 그 분과위원장의 마음에 들어야 상을 받을 수 있으니 그의 말은 절대적이어서 분과위원회를 소집하면 불참자가 거의 없었다 한다. 또한 그 분과위원장이 행사계획을 언급하면 분과위원들이 먼저 앞다퉈 후원을 제의하였다는 것이다. 심지어 다른 분과위 소속 위원들조차 그 분과위원회로 소속을 옮기고 싶어 하기도 하였다. 상장을 받은 사람은 그것을 사진틀에 넣어 사무실에 전시하기도 하고 상패를 받으면 그것을 업소에 갖다 놓기도 하였다는 소문도 있었다.

우리 사회 일각에서는 상이란 이같이 로비를 하여 얻어오기도 하는 것으로 알기도 하고 금품을 주고 상을 매수할 수 있는 것으로 생각하는 사람도 있는 듯하다. 부하 직원들에게 상을 받도록 해주는 상관이 유능한 사람으로 인식되기까지 한다.

문학단체에도 각종 상이 있고 그와 관련된 뒷말이 없지 않다. 어떤 문학상은 암암리에 사전에 내정되어 시상되기도 하고 심사위원들과 관계가 있어야 상을 받을 수 있다는 말이 들리기도 한다. 그러하니 심사에 관련된 문제를 불식시키기 위하여 작품심사 직전에야 비공개로 심사위원을 위촉하기도 한다. 한때는 어떤 문학단체의 무슨 상은 얼마를 내면 받을 수 있다고 소문이 난 적도 있었다. 문학상이 많고 문학단체의 재정이 열악하다보니 일부 시상관련 비리가 없지 않았던 모양이다. 모두 상에 대한 애착이나 인기가 많다보니 생기는 부작용이라 할 수 있으리라.

문학상의 경우는 자기 작품에 대한 객관적인 평가를 받아본다는데 수상 이상의 의미가 있을 것이다. 문학상 심사는 자기 작품에 대한 주관적인 평가와 객관적인 평가가 얼마나 어떻게 다른지를 알아볼 수 있는 기회가 될 것이다. 자기작품에 대한 합평 등 평가를 공정하고 객관적으로 받아 보는 데에는 문학상 심사만한 것도 별로 없을 것이기 때문이다. 그러하니 문학상 심사를 받고자 하는 경우 수상목적보다는 평가목적이 우선되는 것이 바람직하다.

벌은 적을수록 좋고 상은 많을수록 좋다지만 상을 특정 목적을 달성하기 위한 수단으로만 이용한다거나 상을 거래하거나 로비하는 모습은 구차스럽고 보기에도 흉하다.

노화의 척도

살아 있는 것은 노화한다. 생로병사의 단계를 거치는 것이다. 노화는 생리기능의 감퇴, 면역력저하 등을 통해 자각할 수도 있다. 그러나 특별히 자각증세를 느끼지 못하고 지나가는 경우가 많다. 노화는 아주 서서히 점진적으로 진행되기 때문이다. 그러나 큰일을 당하게 되면 눈에 띄게 노화가 되기도 한다. 갑작스럽게 머리털이 세기도 하는 것이다.

혼자서 외진 곳의 돌계단을 내려오다 넘어져 골절상과 열상을 입고 1년 이상 고생한 적이 있다. 찢어진 팔을 꿰매고 부러지고 조각난 뼈를 맞춰 기브스를 하였다. 그 과정에 고통이 심하였다. 봉합한 부분에 흉터가 남지 않도록 해달라니 상처부위의 손상이 심해 흉터는 남을 것 같다고 한다. 더 힘든 것은 기브스를 풀고 기브스로 굳어진 손가락과 손목을 재활하는 과정이었다. 손가락이 굽어지지 않아 도수치료를 받고 파라핀 왁스 등의 열치료 등 물리치료를 받았다. 그러나 치료시작한 후 10개월이 다 되도록 완전히 회복되지 않아 마음고생 또한 심하였다. 나이 때문이라 하였다. 완치가 안 될 수 있다고 하고 8~90% 정도만 회복될 수 있다고도 하였다. 은근히 스트레스가 몰려왔다. 그와 같은 정신적 고통 때문인지 다친 곳은 팔인데 머리털이 하얗게 세었다. 사고치레 한번으로 급격한 노화가 노출된 것이다. 가족들은 사고 한 번 당하더니 완전히 할아버지가 되었다고 하였다. 이렇듯 머리털이 세는 정도도 노화의 척도로 볼 수 있을 것이다. 여러해 전 대상포진을 심하게 앓은 적이 있었다. 그 고통이 매우 심하고 기력이 떨어지기도 하였었다. 노쇠해지고 면역력이 약해져서 생기는 것이라 하였다. 그러나 그때는 고통은 심하였지만 머리털이 하얗게 변하지는 않았다.

노화는 일의 작업량이나 생산성을 보고도 알 수 있다. 농사일에서는 허리 펴기를 하는 것으로도 알 수가 있다. 젊은 사람들은 일손이 빨라 작업량도 많고 노동생산성이 높지만 늙은 사람들은 젊은 사람들에 비해 작업량도 적고 생산성도 떨어진다. 한 50m되는 이랑에 더덕 모종을 심는데 50대에는 한두 번만 허리 펴면 단번에 심을 수 있었다. 모종삽으로 검정 비닐을 ㄷ자로 자르고 그 자리 흙을 모종삽으로 몇 번 퍼내 옆으로 옮겨놓는다. 그리고 모종을 심고 다시 퍼낸 흙을 되메우고 손으로 꾹꾹 눌러 착근이 되도록 하고 마지막으로 흙을 모종주위에 덮어주면 되는 것이다. 60대가 되자 모종 네댓 개를 심으면 허리가 아파 굽혀 일하던 허리를 잠시 펴야 다시 일을 계속할 수 있었다. 70

대가 되자 모종 하나만 심어도 힘이 들어 허리를 펴고 긴 숨을
쉬어야 다음 모종을 심을 수 있게 되었다. 노화가 진행되는 확
실한 증거가 아닐 수 없다. 무리를 하여 허리를 펴지 않고 모종
을 계속 심어보니 허리가 끊어지는 듯하고 몸이 움직여지지 않
는다. 노화는 무리를 허용치 않는 것이다.

　근래 들어 노화방지연구가 활발하게 진행되고 있다. 근육과
뼈를 강화시켜주는 성장 홀몬에 관한 연구나 안티에이징 시술이
나 화장품도 널리 애용되고 있는 듯하다. 나아가 노화방지 식품
이 개발되기도 하는 모양이다. 노화가 방지된다면 노쇠해거나
힘이 약해지는 일은 없을 것이다. 생로병사의 단계도 거치지 않
고 죽지 않고 사는 사람도 나올 것이다. 나에게도 안티에이징
크림이 선물로 들어왔다. 노화를 방지하지는 못하더라도 눈가의
주름 하나라도 펴주거나 주름 생기는 것을 지연시킨다면 그게
어디냐는 것이다. 맞는 말이라 생각되나 그 크림을 생각처럼 열
심히 바르지 못한다. 노화는 자연의 법칙이고 신의 섭리라고 생
각하고 마음 편하게 먹기로 한다.

문자폭탄

현대는 정보통신시대라고 한다. 또한 휴대폰(모바일) 시대라고
도 한다. 그만큼 정보통신이 우리 생활에서 차지하는 비중이 높
고 모바일과 밀접한 생활을 하고 있기 때문이다. 현대생활에서
정보와 소통은 매우 중요한 것이기에 정보를 공유하고 소통하는
수단은 널리 이용되고 있다. 그 대표적인 것으로 휴대폰의 문자
와 컴퓨터 전자 메일이 있다.

우리는 아침에 자고 일어나면 휴대폰부터 찾고 문자를 확인한
다. 간밤에 무슨 문자가 들어왔나 궁금하기 때문이다. 전에는
자고 일어나면 냉수나 커피부터 찾기도 하였지만 이제는 냉수와
커피 찾기에 앞서 휴대폰부터 찾게 되었다. 또한 수시로 컴퓨터
이메일을 확인하고 이 메일을 통해 용무를 보거나 소식을 전하
기도 한다. 과거 편지나 집전화로 하던 일을 휴대전화와 컴퓨터
가 대신하게 된 것이다. 그런 연유로 빨간 우체통이 사라지고
공중전화가 사라지는 것이다.

오늘날 휴대전화는 전화나 문자를 주고받는 통신수단일 뿐만

아니라 소유자 개인의 온갖 정보의 원천이 되고 금융거래 등 휴대전화 없이는 생활이 어려울 지경이다. 그러하니 돈지갑보다도 휴대전화를 먼저 챙기게 되고 문자를 수시로 보게 되는 것이다. 근래에는 광고는 물론 선거에도 휴대폰 문자나 카톡이 널리 이용되고 있다. 널리 이용되는 정도가 아니라 때로는 문자의 집중포화로 일상생활에 지장이 될 정도여서 공해로 평가되기도 한다.

얼마 전 회원 수가 제일 많은 문인단체의 선거는 휴대전화 문자와 이메일에 의한 선거였다. 이사장과 부이사장 그리고 각 분과위원장을 선출하는 선거전은 문자와 이메일이 대종을 이루었다. 부이사장은 이사장과 러닝메이트로 입후보하여 이사장 선출에 따라 당락이 좌우되었다. 이사장 1명 선출에 후보는 2명이었지만 1년 전부터 자신과 자신의 공약을 알리는 휴대전화 문자가 오기 시작하였다. 반년 전 쯤부터는 이사장 후보만 문자를 보내는 것이 아니라 부이사장, 각 분과위원장 후보도 문자와 이메일을 보내오기 시작하였다. 이사장 후보 두 명 뿐만 아니라 부이사장 후보 십수 명, 수십 명의 분과위원장 후보들 등 40~50십 명이 시도 때도 없이 같은 내용의 문자와 이메일을 보내오니 정신이 없었다. 보내는 사람이야 자기 한 사람 보낸다 생각할 수 있지만 받는 사람은 여기저기서 문자를 받게 되니 가히 문자폭탄이 되었다. 문자폭탄은 다른 일을 하는데 지장을 초래하기도 하였다. 또한 선거용으로 수시로 보내오는 다량의 문자는 나중에는 짜증이 나게 하였다. 그 보다도 휴대폰 데이터와 컴퓨터 이메일 용량이 초과단계에 이르러 그것을 알리는 메시지가 뜨기 시작하였다. 휴대전화 기기작동에 문제가 생기게 된 것이다. 휴대전화를 아예 꺼버리거나 두고 다닐 수도 없어 하는 수 없이 과거에 받아 놓은 여러 경로의 문자를 지우고 또 선거용 문자는 읽는 즉시 지워버리지 않으면 안 되게 되었다. 중요한 휴대전화 문자가 공해가 되어버린 것이다. 휴대전화 문자폭탄이 이 정도의 위력을 가질 것으로는 생각하지 못하였다.

문인단체 이사장 선거가 끝나 이제 문자 폭탄을 피할 수 있게 되었구나 하였더니 바로 조합장 선거전이 시작되면서 또다시 문자가 쏟아져 들어오기 시작하였다. 조합장선거는 전국의 농협, 축협, 임협, 수협 조합장 선거를 동시에 치르게 되었다. 전국 동시 조합장 선거를 두 번째 맞이한 것이다. 조합 한 곳만 가입한 사람은 한 조합 입후보자들에게서만 문자를 받게 되지만 다른 조합에도 가입한 사람은 여러 곳에서 문자를 받지 않을 수 없었다.
나는 농업협동조합과 산림조합 두 조합의 조합원이니 양쪽에서 문자가 들어오기 시작하였다. 농협은 4명의 후보가 치열하게 각축전을 벌이고 산림조합은 2명의 후보가 접전을 벌이니 문자 보내오는 횟수도 셀 수가 없을 정도였다. 처음에는 4명의 후보와 2명의 후보가 수시로 문자만 보내오더니 나중에는 동영상까지 보내오기 시작하였다. 그 동영상은 같은 내용으로 동일 동영상을 수시로 반복하여 보내오는 것이었다. 동일 동영상을 여러 차례 보내오니 동영상은 문자보다 데이터를 많이 사용하게 하여 또다시 휴대폰의 용량초과 문자가 뜨기 시작하였다. 문자 폭탄으로 짜증이 나기 이전에 데이터 용량 확보를 위하여 동영상은 물론 다른 파일을 지우지 않으면 안 되었다. 불필요한 헛고생을 하고 시간 낭비를 하게 되는 것이다. 더욱이 어플 파일까지 지우게 된 것이다. 그리되니 휴대전화에서 벗어나 자유롭게 살고 싶다며 휴대폰을 던져버린 지인이 생각났다. 한때는 자녀교육을 위한다거나 시간선용을 위하여 텔레비전 없애는 집이 늘어나더니 이제는 휴대전화 없이 생활하는 사람들이 생겨나는 것이다. 휴대전화 가지고 다니지 않은 사람들의 심정이 이해가 되었다.

　문자 폭탄으로 상대방을 힘들고 짜증나게 하는 것이 노이즈 마케팅 기법을 이용하여 입후보자를 부각시키려는 것인지는 모르지만 문자폭탄은 경우에 따라서는 공해가 되고 역효과가 날 수 있다는 것도 유념할 필요가 있을 듯하다.

나는 기가 꺾였다

사람의 활력은 어디서 나오는 것일까? 사람의 도전정신은 어디서 나오는 것일까? 몸이 전 같지 않으니 사람의 정신적, 육체적 에너지의 발원지가 궁금해진다. 사람의 기가 꺾이니 의욕이 감퇴되고 자신이 없어진다. 활력도 떨어졌다. 새로운 도전이란 꿈만 같다. 골절상을 당한 후 4개월 고생을 하며 내 자신에 생긴 변화이다. 양손에 물건을 들고 돌계단을 내려오다 넘어져 생전처음 오른팔 골절상을 당하여 생긴 변화이다. 한쪽 뼈는 똑부러졌지만 다른 한쪽 뼈가 몇 조각이 난 것 때문이다. 뿐만 아니라 손목부위에 열상을 당하여 속과 겉으로 2중 봉합을 하고 흉터가 남아 있기 때문이기도 하다. 이에 더하여 어깨가 가끔 시큰거리고 불편하여 영상 촬영하여 보니 어깨 근육이 찢어졌다 한다. 주사를 맞으니 바로 어느 정도 호전되었으나. 도수치료를 받게 되었다. 넘어지면서 어깨가 돌바닥에 부딪치며 생긴 듯하지만 사고 후 수개월이 지난 후에야 알게 되었다. 그 사고로 아무 일도 하지 못하고 치료만 하면서 나도 모르게 생긴 변화이다. 매사 조심하게 되고 걸음 거리도 느려지고 의욕과 도전정신도 감소되었다. 특히 자신감이 없어진 것이다. 완전히 한풀 꺾인 것이다.

평창 동계올림픽 쇼트트랙 금메달리스트 임 모 선수는 운동을 하며 7번 수술 후 재활하여 재도전하고 동계올림픽서 금메달을 목에 걸었다. 7전 8기라 할 수 있을 것이다. 적지 않은 운동선수들이 운동을 하다 다치고 치료하며 재활하여 재기에 성공한다. 운동선수가 아니라도 많은 사람들이 크게 다치고도 장기간 치료한 후 원상으로 회복하고 다치기 전 생활로 되돌아가기도 한다.

그러나 나는 좀 다르다. 사고 전처럼 활기차게 생활하기는 어려울 것만 같다. 우선 그전처럼 생활하고자 하는 용기나 엄두가 나지 않는다. 나이 칠순에 당한 사고라서 그러한지 완전한 원상복구는 어려울 듯하다. 골절상 당한 부분은 물론이고 찢어져 봉합한 부분도 흉터가 남고 가끔 시큰거리기도 한다. 몸놀림도 전 같지 않다. 아직도 나는 걸음이 빠르다고 한 말은 옛이야기가 되어버렸다. 스키가 타고 싶어 겨울을 기다리고 스키 장비를 점검하던 때가 그리움으로 떠오른다. 몸을 회복하여 스키를 다시 타야겠다는 생각보다는 이제는 위험 무릅쓰지 말고 스키 장비를 처분해야겠다는 생각이 앞서는 것이다. 걸음도 빠른 걸음은 위험하니 천천히 조심하여 걸어야겠다는 생각이 강하다. 보폭도 넓게 하지 말고 좁게 걸어야겠다는 쪽으로 다짐하게 된다. 이제

도전은 두렵고 엄두가 나지 않는다. 도전이 나의 생활이라고 외치던 때가 있었다는 것이 믿어지지 않는다. 물리치료, 도수치료를 받으며 사고 후 불과 넉 달 만에 나타난 변화이다. 그까짓 오른팔 뼈가 부러진 것이 뭣이 그리 큰 문제라는 말인가 하고 뇌까려보지만 어쩔 도리가 없다. 이 사고 후 스트레스를 많이 받았는지 검은 머리가 갑자기 은색으로 변했다. 생전 처음 나타난 변화이다.

사람의 기가 꺾인다는 것은 그처럼 무서운 변화를 가져온다. 그러고 보니 사람의 기는 사람의 활동과 도전을 좌우하고 성공과 인생을 좌우하는 듯하다. 스스로 기를 살려보고자 하나 무엇 하나 기를 살릴 만한 것이 없다. 사고를 당한다는 것이 그렇게 무서운 것이라는 것을 뒤늦게 깨닫는다. 모든 것은 심인성이라는 생각이 든다. 심리적 요인으로 기가 꺾인 것이다. 모든 것은 마음먹기 달렸다고 생각하고 마음을 고쳐먹자고 다짐해 보나 여의치 못하다. 뒤늦게 기의 중요성을 새삼 절감한다. 그리고 꺾긴 기를 되살리는 방도를 찾아 끊임없이 애를 쓴다.

사막국가의 번영

세금이 거의 없는 나라, 대학까지 무상교육이고 수도, 전기 가스료를 내지 않는 나라. 결혼 후 집 걱정하지 않는 나라. 소설속의 나라가 아니다. 중동의 사막국가 두바이 이야기다.

두바이의 날씨는 사막기후라지만 예상보다 덥지 않았다. 11월 초라 그러한가. 우리나라 11월 초의 날씨와 크게 온도 차이를 느낄 수 없었다. 일교차가 크다고 한다.

풀 한포기 자라지 않는 모래사막, 토지는 척박하고 비가 거의 오지 않아 계절조차 여름만이 강조되는 지역. 생물이 살기 어려운 여건의 사막이 번영하고 있다. 전 세계에서 두바이를 외치며 두바이를 보고자 그곳으로 계속 몰려가고 있는 것이다.

페르시아만 남동쪽에 위치한 두바이는 불모지의 사막지역이다. 그러나 지금 두바이는 아랍에미레이트를 구성하는 중동의 토호국으로 부자 나라로 변신하였다. 수십 년 전만해도 이름도 별로 알려지지 않고 존재도 없는 지역이었다. 지금도 사막지역이다보니 생산되는 농작물이 없다. 나무를 키우는데 비용이 많이 들어 집에 나무가 많이 있으면 부자라고 할 정도이다. 집에서 키우는 소, 돼지 등의 가축도 보기 어렵다. 돼지고기를 멀리하는 이슬람국가이다. 이렇듯 농업뿐만 아니라 축산업도 발달되어 있지 않다. 공업도 그러하다. 있는 것이라고는 대추야자와 낙타뿐이다. 자원이 별로 없는 나라이다. 다행이 검은 기름이 나오는 산유국이다. 산유국이지만 화석연료 석유자원이 유한한 산유국이다. 그것만으로는 풍요로워지기 어려운 나라이다.

그러나 오늘날 두바이는 전 세계 일곱 번째 부자국가라고 한다. 생산품이 없어 식료품은 물론 거의 모든 제품을 수입에 의존하는 무역 국가이다. 의류도 마찬가지이다. 한 때는 한국산 직물이 전체직물수입의 60%까지 차지하였으나 지금은 값이 싼 타국제품에 밀려 10% 수준에 머물고 있다한다. 이 나라에서는 대학까지 무상교육을 한다. 유학을 원하면 유학까지 정부 지원금으로 할 수도 있다. 결혼을 하면 정부가 축의금으로 2100만원을 준다 한다. 또한 신랑이 결혼해서 살집을 짓기 위한 건축자금까지도 지원해 준다 한다. 다만 남자에게만 지원이 된다. 인상적인 것은 이슬람교의 종교의식인 라마단금식기간이 끝나면 사원에서 도시락을 지급하는데 그 도시락 속에는 돈도 넣어주기도 한다. 어떤 때에는 한화 수백만 원이 들어있는 경우도 있다 한다. 라마단 기간 금식을 하고 금식이 끝나면 사원에서 주는 음식을 잘 먹어 라마단기간에 오히려 살찐다는 말이 있다고 할 정도이다.

　이 나라엔 세금조차 없다. 양도세니 증여세니 상속세도 없다. 오직 매도인과 매수인 모두에게 적용되는 부가세만 있을 뿐이다. 그것도 각각 5%라고 한다. 세금천국이라 할 수 있다. 면적이라야 우리나라 제주도의 2배정도인데 자유롭고 여유가 넘친다. 이러한 나라에 전 세계에서 이 지역을 보기위해 수만은 관광객들이 몰려들고 돈을 뿌리고 다니는 이유는 무엇인가? 바로 바다위의 인공 섬과 세계최고높이의 빌딩을 보기위해서이다.

　이 나라의 통치자는 아주 특별한 것으로 주목을 받고 수입을 챙길 수 있는 방법을 생각해 내었다. 바로 바다위에 인공 섬을 만들고 세계에서 제일 높은 고층건물을 세우기로 한 것이다. 수십조 원을 투자하여 인근 지역에서 돌을 옮겨 바다를 매립하고 대추야자나무 가지 형태의 육지를 만들어 고급호텔과 고급 빌라를 지었다. 그 빌라 주인은 자기 집 앞 바다까지 사용할 수 있다 한다. 가수 마돈나나 축구선수였던 베컴도 그 빌라를 구입하여 가지고 있다. 관광버스는 그 지역을 한 바퀴 돌았으나 빌라 가까이는 가지 못하였다. 가까이 가 보고자 하였으나 가이드도 그 내부에는 들어가 보지 못하였다 한다.

　세계최고의 빌딩 '버즈 칼리파(Burj Khalifa)'는 163층 828m였다. 건축 기술의 한계에 도전한 빌딩이라고 소개되었던 이 빌딩은 2010년에 우리나라 삼성물산에서 시공하여 완성하였다. 나도 인공 섬을 둘러 본 뒤 버즈 칼리파 전망대로 향하였다. 전망대 입구에는 입장하려는 사람들이 줄을 서고 법석거려 시장판을 방불하게 하였다. 최고층까지 올라가보고자 비싼 입장료를 지불하였으나 124층까지만 운행하였다. 다른 고층빌딩과 특이한 점은 빌딩에서 외부로 나갈 수 있는 발코니가 여럿 있어 그 발코니에 나가 외부를 볼 수 있다는 것이었다. 그 곳에서 주변을 바라보니 두바이가 한 눈에 들어오고 주변의 초고층 건물들이 눈 아래로 보였다. 이러한 것들이 관광객을 불러 모으고 관광국가가 되고 있다. 다 둘러보면 별 것도 아닌데 이러한 것들이 전 세계의 주목을 받고 관광객이 밀물 듯이 몰려드니 마케팅에 성공한 나라라는 말까지 나온다. 집권자의 사업수완이 좋았다고 보여 진다. 모래사막인 척박한 지역, 생존하기 어려운 환경조건에서 살아남기 위해 노력한 결과 지금은 부자국가가 되고 다른 나라의 부러움을 사고 있는 것이다.

세계적인 역사학자 아놀드 토인비는 인류문명은 어려운 환경 속에서 살아남기 위한 노력으로 도전을 하고 자연에 응전하면서 성취하고 발달되어 왔다고 한다. 기름지고 풍요로운 좋은 환경에서보다도 부족하고 어렵고 힘든 여건 속에서 더욱 발전하고 발달하며 진보되어 온 것이다. 얼핏 아이러니컬하게 느껴지기도 하지만 인간의 도전과 노력이 얼마나 엄청난 결과를 초래하고 성과를 내는지를 입증하는 것이라고 할 수 있다. 두바이도 넓게 보면 바로 그런 예의 하나라 할 수 있을 듯하다. 석유 하나만으로 앉아서 편하게 부를 구가하는 것만은 아니라는 것이다. 따라서 두바이를 벤치마킹 할 필요가 있을 듯하다. 남의 나라의 성공사례를 연구하고 본받는 것도 의미 있고 중요하다. 기업경영이 정부행정을 앞서가는 것도 적지 않다. 정부도 기업으로부터 배울 것은 배워야 한다. 그리고 정부행정이 기업경영을 앞서가도록 하여야 한다. 정부가 경제건설에 최선을 다할 때 나라살림은 윤택해지고 나라가족들이 풍요롭고 행복할 수 있을 것이다. 두바이를 둘러보면서 사막나라보다 석유자원 외에는 환경여건이 좋은 우리나라는 그 나라보다는 더 부자나라가 되고 더 잘 사는 나라가 되도록 국가경영을 잘하여야 할 것이라는 생각을 하게 된다.

3. 염원과 희망

부모님과 5남매(1965.3.21)_뒷줄 오른쪽이 작가

천국의 계단에 한 발을 걸치고

1. 이태리 여행은 성당 여행, 성지순례

이태리 여행은 성당 여행이고 성지순례다. 또한 예수 그리스도와의 만남, 하느님과의 소통이기도 하다. 한편 성지순례나 성당여행은 예수님이나 성인의 행적에 관심을 가지고 그것을 살펴보고 따라해 보자는 마음가짐이다.

지구상에서 가장 융성하였던 로마제국에서부터 예수와 그리스도교를 분리할 수가 없다. 모든 길은 로마로 통한다는 말이 나올 정도로 로마는 세계의 중심이었지만 로마에서 기독교는 공인되지 못했고 박해의 흔적은 유적으로 남아있다. 그리스도가 공인되고 그 권위가 하늘을 찌를 때부터는 더욱 그 위세와 문화가 도처에 남아있게 되었다. 그리하여 그리스도인의 지하 묘지 카타콤베를 비롯하여 성당과 수도원 그리고 그 문화예술을 이태리여행에서 빼놓을 수 없다. 특히 가톨릭 성당 건축물과 성당 내부의 제대, 벽체 구성, 조각, 그림 등 성당문화, 성당예술은 그 신앙세계와 더불어 이태리의 핵심가치이며 주요자산이 아닐 수 없다. 이태리는 예수 그리스도가 태어나고 자란 곳은 아니지만 그리스도 문화와 문명이 꽃 피운 곳이라 할 수 있다. 현재 로마의 바티칸은 그리스도교의 중추로서 교황을 보좌하는 교황청이 있는 곳이 아닌가!

결국 이태리 여행은 신앙세계와 예술세계를 아우르는 성당과 성지순례가 여행의 백미가 아닐 수 없고 이태리뿐만 아니라 동유럽, 서유럽 여러 나라가 모두 기독교, 이슬람교 등과 얽혀있어 가히 유럽여행은 성지순례라고까지 할 수 있는 것이다.

이태리 도처에 산재되어 있는 성당과 수도원은 얼핏 같은 듯하면서 다르고 그 내면은 더욱 확연하게 구별된다. 이태리의 성당과 수도원을 찾아가는 여행은 신자들의 성지순례이자 구도와 기도의 신앙생활이기도 하다.

내가 로마에서 열리는 해외문학세미나 참가요청을 받았을 때 로마와 이태리 여행은 성지순례가 될 것으로 예상하였다. 그리하여 가톨릭 신자로서 세미나에도 참석하고 예수 그리스도와 소통하기 위하여 성당과 수도원 방문을 기대하는 마음으로 이태리로 향하였다.

2. 밀라노 두오모 성당에서 인간의 고통과 슬픔 그리고 순명을 보고

내가 말펜사공항에 내렸을 때 밀라노는 침울해 있었다. 날씨는 흐리고 음산하였다. 시가지도 썰렁해 보였다. 경기 탓일까!

20년 전 이곳을 방문했을 때는 밀라노는 밝고 활기찬 얼굴로 나를 맞아 주었었다. 눈길 끄는 상점 쇼윈도우를 통하여 밀라노가 패션의 도시임을 느낄 수 있었고 활기찬 시가지에서 공업도시임을 알아챌 수 있었다.

호텔에 여장을 풀고 밀라노 두오모 성당으로 향하였다. 웅장하면서도 섬세한 조각 작품인 석조건물은 여전히 신비롭고 나를 압도하는 듯하였다. 높이 치솟은 건물지붕 위의 성인 조각상들은 나를 굽어보며 성당 안으로 인도하는 듯하였다. 스페인의 경이롭고 신비스런 가우디성당이 연상되었다. 어찌 그 옛날에 인간이 저와 같은 건축물을 만들어 낼 수 있었을까! 신이 정성들여 빚어 놓은 예술작품임이 틀림없을 듯하였다. 아니면 당시에는 신과 인간이 확연하게 구별되지 않아 신과 비슷한 초능력을 가진 인간이 만들었을 듯하였다. 예수 그리스도를 만나기 위하여 성당 입구에서 줄 서서 성당 내부로 들어가 보았다. 어떤 일인지 입장권을 사지 않고서도 입장할 수 있었다. 중앙제대에서는 미사가 진행되고 있었다. 미사에 참례코자 정면 장의자에 접근하려 하니 관광객들을 경비원이 막고 있었다. 하는 수 없이 미사 참례를 포기하고 성당 내부를 둘러보기로 하였다. 여러 성화와 조각상 중에서 특히 산채로 살가죽이 벗겨지는 참형을 당해 순교한 성자 바로톨로메오의 조각상이 나를 한동안 그곳에서 떠나지 못하게 하였다. 피부가 벗겨져 뼈가 드러난 조각상은 마치 해부학 그림을 보는 듯하였다. 그의 표정에서는 분노와 증오,

고통보다는 연민을 느낄 수 있었다. 바로톨로메오는 예수의 열두 제자 중 한 명으로 상인, 세공인의 수호성인으로 지정된 인물이 아니던가! 우리나라 천주교박해시대에 목이 두 번, 세 번 베여 참수당하는 순교자들의 고통과 슬픔을 보는 듯하였다. 우리나라의 순교자들은 배교의 삶을 포기하고 예수 그리스도를 증거하며 기꺼이 참수형을 당하며 순교하였다. 칼에 의해 살가죽이 벗겨져 뼈만 남은 그의 조각상을 보고 있노라니 서울 용산성지 벽화에서 본, 참수당하는 어머니의 고통을 덜어주기 위해 단칼에 목을 베어달라고 사정하며 망나니에게 뇌물을 바치는 어린 자식들의 그림이 눈에 아른 거렸다. 아픈 마음 부여안고 성스럽고도 감동스런 성당예술에 취하여 성당 문을 나서니 문밖 광장에는 어둠이 내리고 있었다.

3. 베니스 산 마르코성당에서 인간의 허세와 허영을 보고 또 겸손해지고

일행과 더불어 밀라노에서 베니스로 가는 도중 나는 세익스피어의 걸작, 『로미오와 줄리엣』의 배경도시 베로나에 있는 줄리엣의 집을 탐방하였다. 줄리엣이 로미오를 내려보며 사랑을 나누던 2층 여닫이 창문으로는 당장이라도 줄리엣이 얼굴을 내밀 것 같았다. 나는 그녀의 집 앞에 세워져있는 줄리엣 동상에 다가가 그녀의 오른쪽 젖가슴을 여러 번 어루만졌다. 비록 동상의 차가운 젖가슴이지만 그녀의 따뜻한 체온이 느껴지는 듯하였다.

이 줄리엣 동상의 우측 젖가슴을 만지면 사랑과 행운이 온다하여 줄서서 한참을 기다렸었다. 수많은 방문객들이 우측 젖가슴만 만져대어 줄리엣의 우측 젖가슴은 반질반질하고 반짝반짝 빛나고 있었다. 나는 사랑과 행운을 기대하며 물의 도시인 베니스로 다가갔다. 그리고 산 마르코 대성당부터 찾았다. 산 마르코 대성당은, 베네치아공화국의 총독관저였다가 지금은 박물관으로 사용되는 두칼레궁전과 나란히 바다에 접한 산 마르코광장에 있었다.

산 마르코 성당은 이집트의 알렉산드리아에서 가져온 마르코의 유해를 모시기 위해 9세기 창건된 성당이다. 그 후 11세기에 재건되고 15세기에 개수되었다. 마르코는 마가복음으로 널리 알려진 복음서를 기록한 복음전도사이다. 산 마르코성당은 화려하면서도 웅장한 비잔틴양식의 대리석건축물이었다. 5개의 둥근 돔과 그 위의 장식물 그리고 높은 종탑이 그 위용을 과시하고 정교한 조각상들이 아름다움을 더해주고 있었다. 특히 웅장하고 아름다운 대리석건축물에 그림과 각종 섬세한 장식이 화려하다는 느낌을 강하게 하였다. 안내자의 설명에 의하면 건축비용은 당시 재력가인 여러 유력가문에서 부담하였는데 자기 가문을 드러내기 위하여 건물의 기둥을 다른 가문의 것보다 크게 하려고 하여 기둥의 크기가 달라졌다고 하였다. 인간의 과시욕과 허세, 탐욕은 예나 지금이나 변치 않는 욕구가 아닐까하는 생각이 들었다. 성 마르코광장에 홀로 서서 인간의 허영과 탐욕을 생각하며 나 자신을 성찰하였다. 그리고 망망대해에 접한 웅장하고 장엄한 건축물을 바라보며 한없이 선하고 겸손해지고 싶었다. 산 마르코 성당 방문 기념으로 기념품을 사기 위해 성당 앞 광장 건너편에 있는 상점에 들어갔다. 상점 내 걸려 있는 비단 스카프의 「메이드 인 이태리」라고 찍혀있는 라벨을 보고 이태리제냐고 묻는 내게 젊고 예쁜 이태리 여점원은 그렇다며 내게 접근하였다. 나는 그 중 세 장을 골라서 챙기려 하니 그녀는 그것 대신 서랍 속에서 똑 같은 디자인의 새 스카프 3장을 꺼내었다. 나는 마음속으로 손님 손 타지 않은 깨끗한 신품으로 주는구나 생각하며 대충 훑어보고 대금을 지불하였다. 귀국 후 다시 꼼꼼히 살펴보니 스카프에는 「메이드 인 인도」라는 라벨이 붙어있었다. 상점 내 견본품은 「메이드 인 이태리」인데 산 물건은 디자인 크기는 같으나 「메이드 인 인도」였던 것이다. 속은 것이 분하기보다 어처구니가 없었다. 산 마르코 성당을 생각하며 분노나 원망대신 다시 나 자신을 성찰하고 겸손해졌다.

4. 아씨시 성 프란체스코수도원에서 나를 이겨 나를 버리고

나는 프란체스코 성인과 클라라 성녀를 만나기 위해 피렌체에서 아씨시 성 프란체스코수도원과 성 클라라수녀원으로 달려갔다. 아씨시 시가지에 들어서기 직전에 전원풍의 페루자가 나타났다. 페루자는 과거 안정환이 소속되었던 축구팀이 있는 도시이다. 아씨시는 돌로 된 도로와 골동품 같은 옛 건물, 고색창연한 시가지 그리고 석조성벽 등이 중세도시를 보는 듯하였다. 그로 인하여 도시 전체가 유네스코 세계문화유산으로 지정되어 있었다. 성 프란체스코수도원은 아씨시 평원으로 이어지는 언덕위에 거대한 성처럼 자리 잡고 있었다. 로마 고딕양식의 성 성당에는 조반니 치마부에(GiovanniCimabue)가 그린 프레스코화와 그의 제자 지오토(Giotto)가 그린 성 프란체스코의 일생이 나의 시선을 끌었다. 성 클라라관상수녀원은 성 프란체스코수도원 광장 건너편 언덕에 이끼 푸른 바위처럼 자리 잡고 있었다.

성 프란체스코는 이곳 아씨시에서 1100년 말경에 태어났다. 그는 부유한 가정에서 태어나 방탕한 생활을 하였으나 쓰러져가는 교회를 일으켜 세우라는 하느님의 음성을 듣고 욕정을 극복하며 복음적 생활을 하면서 가난을 수용하고 사랑을 설파하였다. 그리고 뜻을 같이 하는 형제들을 모아 작은형제회를 시작하였다. 그는 청빈과 겸손 그리고 봉사를 생활화 하였으며 주님의 거룩한 오상을 받아 영적, 육적 모두 그리스도처럼 되었다. 그의 유해는 성 프란체스코성당 지하에 안치되어 있었다. 나의 아버지 성당 본명이 방지거였는데 방지거는 프란체스코의 중국식표현이었다. 아버지 장례시 관 위에 놓였던 프란씨스코라고 쓴 덮개가 환영으로 보이는 듯하였다. 나는 아버지를 추억하며 성 프란체스코의 유해 앞의 바구니에 초 4개를 봉헌하고 아버지의 명복과 우리 아이들의 발전 그리고 우리 가정의 행복을 기원하였다. 봉헌 초를 바구니에 담아놓으면 사제가 미사봉헌하며 촛불을 밝힌다고 하였다. 성당 내부를 둘러보고 있노라니 놀랍게도 한국인 수사가 눈에 띄었다. 그에게 성 프란체스코수도원은 봉쇄수도원이냐고 묻자 그는 활동수도원이라 하였다. 나는 또 한국인 수사가 더 있느냐고 묻자 2명이 더 있다고 하였다. 프란체스코성당을 나와 그 앞 코무네광장 건너편에 있는 성 클라라성당과 수녀원으로 다가갔다. 그러나 수녀원에는 누구도 들어갈 수 없다고 하였다. 성당으로 들어가 지하층으로 내려가니 수녀복을 입은 성 클라라의 유해가 안치되어 있었다. 반듯하게 누워있는 모습이 살아서 잠을 자는 듯하였다. 나는 촛불을 켜고 클라라 수녀님을 바라보며 우리 아이들을 위하여 기도하여 줄 것을 빌었다.

성 클라라는 아씨시 명문가의 딸로서 성 프란체스코의 설교에 심취하여 모든 재산을 버리고 그를 따라나서 헌신하였다. 그리고 청빈을 엄격하게 지키는 수녀원을 창설하였다. 나는 성 프란체스코와 성 클라라의 고행과 청빈 그리고 겸손 및 봉사를 기억하며 극기를 배우고 나를 버렸다.

5. 로마 베드로대성당에서 천국을 보고

성당은 하느님이 머무는 곳이며 하느님과 소통하는 곳이다. 하느님께 지은 죄가 많아 성찰할 것도 많은 나는 고백성사하고 하느님과 소통하는 마음으로 바티칸과 성베드로 대성당으로 다가갔다. 로마 바티칸과 성베드로 대성당은 전 세계 가톨릭의 정신적 지주이며 총본산이 아니던가! 바티칸은 교황이 머무는 곳이다. 성 베드로 대성당은 제1대 교황인 베드로의 무덤 위에 세워져 있었다. 베드로는 예수가 죽은 후 여러 나라를 돌아다니며 전도하다가 이 성당 언덕에서 네로 황제에 의해 십자가에 거꾸로 매달려 처형되지 않았던가! 베드로가 반석이란 의미라면 성베드로 성당은 견고한 기초위에 제대로 세워진 것이 아닌가 하는 생각이 스쳐갔다. 이 성당은 길이가 200m가 넘고 높이는 100m도 더 되는 초대형 석조건물로 6만 명을 수용할 수 있었다. 또한 로마 가톨릭 건물 중 가장 규모가 큰 성당이었다. 그러나 성 베드로 대성당을 경이롭게 한 것은 성당 건축물보다 내부의 조각이나 성화 등의 예술품이었다. 특히 미켈란젤로의 피에타상은 예술품의 수준을 넘어 감동 그 자체였다. 피에타는 베드로 광장 쪽에서 보면 성당 내 1층 오른쪽에 자리 잡고 있었다. 십자가에서 내려진 그리스도가 성모의 팔에 안긴 모습이다. 그리스도의 팔은 축 처지고 지극히 인간다운 모습으로 신의 경지를 보여주고 있었다. 피에타는 성당 안의 조각품 중 가장 아름다운 작품으로 소문나 있으나 조각 작품으로보다 인간의 고뇌와 희생 그리고 용서와 사랑이 먼저 감동으로 다가왔다.

하느님께 더 가까이 다가가기 위해 성당 돔이 있는 성당 옥상으로 올라갔다. 성당 내부의 나선형 통로는 걸어 올라가도록 되어 있었는데 내 걸음으로 15분 이상 헉헉거리며 올라가는 듯하였다. 좁은 공간을 혼자서 걸어 올라가려니 초행이어서 그러한지 호젓하고 불안하였다. 그러나 하느님께 보다 가까이 다가간다는 일념으로 꾹 참고 힘들여 올라갔다.

지붕 위의 돔은 조각이 된 석주 위에 놓여 있었는데 그 위에 또 작은 둥근 석주가 있고 또 그 위에 첨탑과 십자가가 있었다. 멀리서 보면 단순하였는데 가까이서 보니 복잡하고 정교하고 웅장하였다. 미켈란젤로가 설계하여 만든 것이다. 곁에 있던 서양 여자에게 사진 한 장 부탁하였더니 친절하게 방향을 달리하며 이리저리 사진 몇 장을 찍어주었다. 돔과 다른 방향인 성 베드로 광장 쪽으로는 지붕 위에 수십 개의 조각상이 자리 잡고 있었다. 그 아래로는 성 베드로 광장이 펼쳐져 있었다. 나는 천국에 있었고 광장은 인간이 사는 세상이었다. 하느님은 바로 그곳에 계시었다. 나는 나의 죄를 성찰하고 용서를 빌었다. 나는 인간으로 죄를 짓고 용서를 빌고 또 죄를 짓고 용서를 빈다. 하느님은 내가 고백성사를 할 때마다 죄를 용서하여 주신다. 천국에서는 죄를 짓지 않을 수 있을 듯하였다. 나는 이곳에서 천국을 보았다.

여름으로 가는 길목 단상

봄이 절정이다. 세상이 온통 봄으로 가득하다. 우리는 지금 봄
깊숙이 들어와 있는 것이다. 이 봄을 조금 더 지나면 여름을 만
나게 될 것이다. 봄을 눈으로 보고 또한 봄의 소리에 귀를 기울
여본다. 골짜기에서는 봄이 졸졸 소리를 내며 흐르고 있다. 그
뿐만이 아니다. 음악에서도 봄이 흐른다.

요한 스트라우스의 「봄의 소리 왈츠」를 듣는다. 경쾌한 왈츠
곡에 맞추어 여린 연두색 새싹들이 지구를 들어 올리며 쑥쑥 올
라오는 듯하다. 개나리 철쭉 영산홍은 이미 활짝 피어나 한껏
제 모습을 뽐내고 있다. 벚꽃도 흰 꽃잎을 바람에 날리며 날 좀
보아달라고 무언의 시위를 한다. 한창 제 모습을 뽐낼 때 이를
보아주지 않는 것은 예의가 아니다. 잠시 바쁜 일손을 놓을 수
있는 명분을 마련해 주니 고맙기까지 하다. 비발디의 「사계」 봄
이 연상된다. 바이올린 선율이 귓가에 울려퍼지는 듯하다. 이와
더불어 2002년 미국 L.A. 공항에서의 일이 떠오른다. 나는 대
학의 연구년을 맞이하여 캘리포니아주립대학의 방문교수로 가족

과 함께 1년 체류 예정으로 입국수속 중이었다. 당시 장기체류 미국입국 수속은 단기 관광과는 달리 까다로워 대기하는 사람들은 뱀 꼬리처럼 길게 늘어서고 있었다. 오랜 기다림 끝에 우리 가족 차례가 되어 나는 마음속으로 제발 빨리 끝내주기를 기도하고 있었다. 비자 심사자는 먼저 어디로 가느냐고 물었다. 나는 사실대로 말하였다. 그러자 그는 다시 비발디를 좋아하느냐고 물었다. 막내딸이 들고 있던 바이올린을 보고 묻는 것이었다. 우리가 「사계」를 좋아한다고 하자 그는 웃으며 그 지역의 유명한 학교를 말해주며 그 학교에 입학하면 좋을 것이라고 말해주었다. 그리곤 여권에 스탬프를 찍어주었다. 우리 가족은 비발디의 「사계」 덕분에 쉽게 입국심사를 마치고 빨리 나올 수가 있었다.

브람스의 「대학축전서곡」도 들리는 듯하다. 봄을 모티브로 한 것은 아니고 브람스가 독일 브레슬라우대학으로부터 명예박사학위를 받고 그 답례로 작곡한 것이기는 하지만 경쾌한 곡이고 나에게는 사연도 있기 때문이기도 하다. 나는 대학에서 봄 학기 수업을 할 때에는 가끔 개강 초에는 수강생들에게 요한 스트라우스의 「봄의 소리왈츠」나 비발디의 「사계」를 들려주기도 하고 대학축전서곡을 듣고 느낌을 말해보라고 한 적도 있다.

봄이 무르익으니 종종 이러저러한 봄에 대한 생각이 떠오른다. 이제 얼마 후에는 계절의 여왕이라는 5월이 방문하고 녹색의 계절 여름이 돌아올 것이다. 여름은 진하다. 대지는 진한 녹색으로 충만하고 아카시아 꽃 향도 진하게 퍼져 나갈 것이다. 우리나라 문학지도 여름호 발간을 앞두고 더욱 색깔을 진하게 하고 문향도 더욱 진하게 널리 퍼져 나가기를 바라는 마음 간절하다.

시 쓰기를 격려하며

– 메타포와 알레고리 유감 –

가을빛 짙어가던 어느 날 나와 비슷한 시기에 등단한 문우를 우연히 만났다. 시와 수필을 꽤나 잘 쓰던 여류였다. 한때는 나와 경쟁적으로 글을 쓰기도 하였다. 그러나 근래에는 시 발표를 하지 않는 듯하여 물어보았다. 메타포와 글의 압축이 잘 안 되어 시는 접었다 한다. 나는 치열하게 글 쓰는 사람들에게 나타날 수 있는 고뇌와 좌절이 아닐까 생각하였다. 또한 촉망되는 시인이라고 자신에게 기대하는 바가 크다는 것을 과도하게 의식한 때문이 아닐까 추측하였다. 그리하여 메타포가 잘 되는 사람이 몇이나 되겠느냐, 시가 그리 쉽게 쓰여 지는 것이냐며 그에게 시작활동에 대한 용기와 격려를 해 주었다.

시 쓰기 공부를 하는 사람들은 기본적으로 메타포(은유), 알레고리(풍자), 이미지, 심볼(상징) 등에 대하여 공부한다. 시의 구성요소가 되기 때문이다. 그러나 모든 시를 메타포가 좌우하는 것은 아니지 않는가. 시를 붓글씨로 일필휘지 하듯 단번에 써내려가는 것만은 아니지 않는가. 또한 시에도 서정시만 있는 것이 아니라 서사시도 있고 극시도 있지 아니한가. 기준에 따라서 시의 종류도 다양하게 분류할 수 있지 아니한가. 시의 종류에 따라 중시되는 요소도 달라질 수 있지 아니한가.

근래에는 시인지 수필인지 구별하기 어려운 장문의 산문시가 늘고 있다. 또한 시를 전공한 시인조차도 이해하기 힘들어 몇 번씩 읽어보고 이리 생각하고 저리 생각해 본다는 난해한 시가 늘어나고 있다. 이는 시 부문 신문사 신춘문에 당선 시들은 이해하기 힘든 난해 시들이 대세였던 이유도 있지 않나 하는 생각을 하게 한다. 난해시여야 잘 쓴 시 같고 고급스럽게 느껴진다고 생각하기 때문일 듯하다. 메타포가 강한 시에는 난해한 시 또는 산문시가 적지 않다.

시를 이해하기 힘이 드니 그러한 시에 대한 비판이 일기도 한다. 그러한 난해 시에 대하여 어떤 원로시인은 "남도 잘 모르고 자기도 잘 모르는 시를 쓰고 있다"고 갈파하기도 한다.

시는 보통 감상하며 동시에 감동을 느끼기 마련이다. 그러나 난해한 시는 시를 이해하는데 급급하여 바로 감동을 느끼지 못한다. 난해시의 문제점이라 하지 않을 수 없다. 또한 근래에는 10쪽이 넘는 장문의 난해한 산문시도 적지 않다. 그러한 장문의 산문시가 늘어나는 추세를 보이니 어떤 시인단체에서는 "시는 다섯 줄이면 족하다"는 캠페인성 캐치 프레이즈까지 내걸기도 한다.

나는 시를 체계적으로 배우지 못하였다. 그리고도 중학교 다닐 때 국어과목 방학숙제를 하느라 시를 썼다. 국어공부를 하며 시에 흥미를 느껴 김소월, 박목월, 김영랑, 하이네 같은 시인들의 시를 즐겨 읽었다. 그리고 그 시인들의 시가 좋아 그 시를 암송하고자 하였다. 또한 그 시인들의 시를 필사도 하여보았다. 유명 시를 필사하며 암송을 하면 시도 잘 외워졌다. 그렇게 하면서 자연스럽게 시 쓰기 연습을 하게 된 것이다. 당시 나는 모든 시는 서정시인줄로만 알았고 유명 시와 비슷하게 쓰는 시가 잘 쓴 시로 생각하였다. 물론 메타포니 알레고리가 무엇인지도 모르고 시를 썼다. 시작법 공부를 하고나서 그에 따라 시를 쓴 것이 아니고 시 쓰기를 한 후 시 쓰기 공부를 시작하게 되었던 것이다. 시 쓰기의 아무 것도 모르고 시를 썼어도 내가 쓴 시가 뽑혀 학교신문에 게재되었다. 그리하여 혹시 내가 시 쓰기에 소질이 있는 것은 아닌가 하여 학교 문예반에 들어가기도 하였다. 또한 필요에 의해 시 쓰기와 제목달기 등 시작법도 나름 공부하게 되었다. 사회인이 된 후 여러 유명 시인들의 시 특강을 들으며 남에게 배울 것이 많다는 것도 알게 되었다. 그리고 명시를 흉내 내어야 좋은 시가 되는가, 개성 있는 자기 시를 창작하여야 좋은 시가 되는가에 대하여도 문제의식을 갖게 되었다.

근래 우리나라에는 성형천국이라고 할 정도로 성형이 일반화하고 유행하고 있다. 그러하니 그 얼굴이 그 얼굴이란 말이 나온다. 코와 눈 등 얼굴이 모두 비슷비슷해진다는 뜻이다. 그러나 개중에는 자기 모습을 잃고 싶지 않아 성형을 하지 않는다는 사람도 있다. 표준화되는 성형미 보다는 개성 있는 자연미가 더 아름답기도 하다. 시도 남의 것을 닮아가는 모방시 보다는 특색 있는 자신만의 창작시를 쓰는 것이 자연스럽고 가치 있지 않겠는가. 메타포가 시의 구성요소가 되고 그것이 좋은 시가 잘 쓴 시라고 평가되니 소홀히 할 수는 없겠지만 메타포가 어렵다고 시 쓰기를 포기한다는 것은 안타깝기 그지없다. 시 쓰기에 천부적인 재능을 가지고 타고난 시인이 얼마나 되겠는가. 시는 천재 시인만의 전유물은 아니지 않겠는가.

　나는 시를 제대로 배우지 못하고 시를 잘 쓴다고도 할 수 없을지 모르지만 그래도 끊임없이 시를 쓴다. 퇴고도 몇 번이나 하는지 모르겠다. 그러면서 배우고 발표도 하고 평가받기를 두려워하지 않는다. 노력만큼 무서운 것이 어디 있겠는가. 노력은 불가능을 가능으로 바꾸지 않는가. 메타포가 어려울지라도 포기하기 보다는 특색 있는 자기만의 시 세계를 창조하는 작업에 정진할 것을 권유하고 싶다. 시 쓰기를 포기한 문우가 다시 자기만의 시 세계를 창조하는 시쓰기에 정진할 것을 기대해 본다.

일본의 대한對韓 경제보복과 원천 해법

절기로는 입추, 처서가 지났지만 아직 대낮 더위는 남아 있다. 가을 더위를 느끼며 산본 역사 앞을 지나다 부녀자 셋이 아베정권 규탄한다는 팻말을 들고 서 있는 것을 보았다. 더위를 아랑곳하지 않고 무언의 침묵시위를 하고 있었다. 가정주부들로 보였다. 지하철 좌석에 앉아 시원한 생수라도 한 병씩 사주고 올 걸 잘못하였다는 생각을 지울 수 없었다. 최근 서울 부산 등 대도시뿐만 아니라 소도시에도 일본 정부를 규탄하는 국민들의 시위가 열기를 더해가고 있다. 일본정부가 경제적으로 한국을 흔들고 위기에 빠뜨리려 하자 우리 국민들이 맨몸으로 저항하는 것이다.

일본정부는 우리나라 대법원이 2018년 10월 일제강점기 한국인 강제징용피해자에 대한 일본기업의 손해배상판결을 내리자 이에 대한 보복으로 수출규제조치를 하고 경제보복을 시작한 것이다. 일본은 그 동안 1965년에 체결된 한일 청구권협정으로 강제징용피해자 개인에게 배상할 의무가 없다고 주장해 왔다. 그러나 우리나라 대법원은 지난 2018년 10월 30일 이 협정은 피해자 개인의 청구권에는 적용될 수 없다고 판단하였다. 그러자 일본 아베정부는 2019년 7월 4일 우리나라 수출의 핵심종목인 반도체제조에 들어가는 핵심소재의 수출을 포괄허가에서 개별 허가로 전환하여 수출을 규제하기 시작한 것이다. 그리고 8월 2일 외국환관리법상 우리나라를 안보상 우대 조치해 온 화이트 국가(수출심사우대국)에서 제외하여 수출품 허가 면제에서 수출절차를 까다롭게 할 수 있는 수출규제를 도모하였다. 이러한 조치들은 우리나라 수출기업에 타격을 주는 것은 물론 자유무역을 가로 막는 장애요인이 된다고 할 수 있다.

이에 대하여 우리나라 국민들은 즉각적으로 일본 아베정부를 강력히 규탄하며 일본 물건 안 사기, 일본 여행 안 가기로 대항하기 시작하였다. 「독립운동은 못했어도 불매운동은 한다」라는 표어도 등장하였다. 우리나라의 일본여행객 수도 급감하였다. 우리나라 정부는 8월 22일 「한일군사정보보호협정」인 지소미아를 종료시키기로 하였다. 또한 25일부터 2일간 독도방어훈련을 실시하였다. 지소미아는 1945년 해방이후 한·일간에 체결된 최초의 군사관련 협정이다. 일본 정부는 즉각적으로 반발하였다. 미국도 우리나라 정부의 조치에 우려를 표시하였다. 일본은 다른 대응조치도 모색하는 것으로 보인다. 지금으로서는 사태를 수습해가는 국면이 아니라 더욱 악화되어 가는 국면이다.

한·일간 무역 갈등의 원인이 된 우리 대법원의 강제징용피해자 개인 손해배상청구권인정판결에 대하여는 일본 내에서도 수긍하고 인정하는 목소리가 나오기도 한다. 일본 변호사들과 학자들 중에는 국가 간의 청구권은 소멸했어도 전쟁피해 배상을 요구하는 개인청구권은 소멸하지 않는다는 견해가 그것이다. 식민지 지배시대에 비인도적 행위에 의한 인권침해를 인정하고 징용 피해자를 직접 고용한 일본 기업에 정신적 피해에 대한 위자료를 명한 것은 정당하다는 것이다. 또한 일제 강점기인 제2차 세계대전 중 중국인들을 강제연행하고 강제 노역시킨 행위에 대한 법적 소송에서 일본기업의 책임을 인정하고 피해자들에게 금전을 지급한 사실이 있다. 이것으로 보아 일본정부의 이중적 태도를 지적하지 않을 수 없다.

일본의 한국에 대한 반도체소재수출절차강화와 화이트 리스트 배제 등 수출규제조치는 한국에 피해를 입히고자 하는 적대적인 조치이고 경제적 선전포고라 할 수 있다. 그러하니 이번 한·일 갈등의 원인은 아무리 일본정부가 부인한다 해도 일본정부의 그러한 조치에 있음이 분명하다.

일본 천주교 주교회의는 한·일 갈등의 근본원인은 식민지 지배 책임을 부인하는 일본 정부에 있다고 한다. 따라서 양국이 진정한 우호관계로 가기위해 식민지 지배 청산을 포함하는 새로운 법적 장치를 만들 것을 제안하였다. 한국천주교 주교회의 정의평화위원회도 일본의 경제 제제는 새로운 폭력이며 과거에 저

지른 불의에 대한 반성과 성찰을 외면한 처사라고 일본 정부를 비판하였다. 나아가 김희중 대주교는 경직된 한·일 관계의 회복을 위하여 일본 정치인들이 사과하고 책임 있는 조치를 하는 것이 중요하다고 하였다.

무엇보다 우리 대법원의 사법판단을 일본정부가 정치적으로 대응한다는 것은 문제가 아닐 수 없다. 사법판단은 법리판단이 중시되므로 사법적으로 대응하는 것이 옳을 것이다. 아베정부가 정치적으로 대응할 것이 아니라고 생각된다.

한국과 일본은 역사적으로 지리적으로 매우 가까운 나라이다. 거리상 가깝기도 하지만 백제시대부터 일본과 빈번히 왕래하였으며 일본에는 백제인의 후손들이 살고 있다. 그 후에도 임란 등을 통하여 도공 등 조선인이 일본에 끌려가기도 하는 등으로 일본 속에 한국인들이 적지 않다고 할 수 있다. 이래저래 가까운 이웃이다.

역사적으로 볼 때 임란 등 일본이 우리나라를 침략한 경우는 적지 않으나 우리나라가 일본을 침략한 적은 없다. 일본은 언제나 가해자였고 우리는 피해자였다. 이웃 간 화해와 우애를 위한다면 피해자가 아닌 가해자가 먼저 자기의 가해행위를 사과하고 손을 내밀어야 할 것이다.

파국일변도로 치닫고 있는 한국과 일본의 마찰이 양국의 평화와 번영된 미래를 생각하고 사태를 발생시킨 일본정부가 결자해지의 입장에서 이번 기회에   근본적으로 해결하기를 바라는 마음 간절하다. 하루속히 우리나라 여성들이 무더운 햇볕아래 힘들게 시위할 필요가 없게 되고 모두 각자 일에 전념할 수 있게 되기를 기도한다.

문학단체 활동의 유감과 기대

꿈이나 목표가 없는 사람은 이미 식물인간이다. 꿈이나 목표가 없다는 것은 희망이 없다는 것이고 미래가 없다는 뜻이다. 추구하는 것이 없다는 말이 된다. 밀(J.S.Mill)이 말한 「배부른 돼지 보다는 배고픈 소크라테스가 낫다」는 말과도 일맥상통한다. 살아 있는 사람이라면 현실에 만족하지 않고 끊임없이 추구하여야 한다.

문학단체도 사람과 같이 움직이는 생물이다. 문학회도 사람과 같이 꿈과 목표를 가지고 계속 추구하고 활동하여야 한다.

우리나라에는 적지 않은 문인, 문학단체가 있고 그 문학단체들은 여러 가지 활동을 한다. 우리나라의 문학단체는 보통 문학회라 칭한다. 이러한 문학회는 줄잡아도 200개가 넘는다고 한다. 그 중에는 사단법인체도 있고 그렇지 않은 단체도 있다. 또한 전국단위의 조직도 있고 지방에서 활동하는 지역단위의 조직도 있다. 모든 장르의 종합문학단체가 있는가하면 시, 수필 등 전문분야별 문학단체도 있다. 어떤 문학회건 기본 조직이나 목적, 활동을 규정한 규칙이나 정관이 있기 마련이다. 그에 따라 어느 정도의 규모를 가지고 공공성 있는 문학 활동을 하는 문학회는 대체로 문학회지 발간을 비롯하여 낭송회 및 세미나 개최 그리고 문학기행을 다니는 것이다. 때로는 시화전을 열기도 하고 연수회를 갖기도 한다. 이에 더하여 신인작가를 모집 선정하여 신인상을 수여하고 문단에 등단시키기도 하고 백일장을 개최하거나 문학상을 시상하기도 한다.

내가 소속된 문학회의 국제문학교류를 시도하며 참고하기 위하여 다른 문학회의 활동을 살펴본 바 있다. 대체로 문학단체별 특화되고 차별화된 고유활동을 하기 보다는 대부분 천편일률적이었다. 그리고 새로운 시도를 하기 보다는 매년 동일한 행사를 관례적으로 계속 반복하는 것이다. 문학단체별로 차별화되고 특화된다면 그 존재가치를 높이고 전문화될 것이다. 따라서 문학단체별로 경쟁력이 강화될 것이다.

한편 국내문학단체가 외국의 초청을 받거나 외국의 문학단체를 초청하여 국제적인 문학 행사나 활동을 한 사례는 찾아보기 어려웠다. 선례를 찾지 못해 도움이 되지 못하였다.

우리나라 문학회의 활동은 대체로 국내활동에 머물고 있다. 지구촌시대에, 더욱이 국경이 없는 인터넷시대에 다른 분야는 국제행사가 일반화되어가는 시기에도 문학회는 아직 우물 안의 개구리를 벗어나지 못하고 있는 것이다. 국제행사를 한다 해도 외국에 나가 회원끼리 회원 작품을 발표를 하거나 회원들의 문학세미나를 하는 수준이다. 현지 외국인들도 참가하여 외국인들과 함께 명실 공히 국제적인 문학행사를 하는 경우를 찾아보기 힘들다. 국내에서 하는 국제행사도 별로 다르지 않다. 국제회의나 국제행사에 참석하는 문인은 일부 소수이고 그들만의 행사가 되는 경우가 많다. 문학인의 한 사람으로서 유감이 아닐 수 없다. 우리나라의 문학단체나 문학 활동이 널리 국제화되었다면 벌써 우리나라 문인이 노벨문학상을 수상하였으리란 생각을 하게 된다. 그나마 다행인 것은 국제펜클럽이나 몇몇 기관에서 간헐적이나마 외국 문인들이 참가하는 국제문인행사를 하고 있고 우리나라 작가들의 작품이 세계 여러 나라에 번역되고 소개되고 있다는 것이다. 더욱이 우리나라 작가들이 노벨문학상에 버금가는 세계 유명 문학상을 수상하고 있다는 것이 우리 문단과 문학에 희망과 기대를 하게 한다. 이제라도 우리나라 문학회나 문단이 의식을 국제화하여 문학과 문인의 국제교류를 일반화하고 국제 문학 활동이 보다 활성화되기를 기대한다.

신인 문학상 수상자들에게

덕수궁 돌담길이 새로운 꿈을 꾸는 겨울의 문턱에서 한국생활
문학회 문학상 및 신인상 시상을 하게 된 것을 무척 뜻 깊고 기쁘
게 생각합니다. 또한 수상자여러분에게 축하의 인사를 드립니다.

우리 한국생활문학회는 매년 엄격한 심사를 거쳐 문학상 수상
대상자를 선정, 시상하고 있습니다. 또한 공모를 거쳐 연 4회
신인상 수상자를 선발하고 연말에 시상을 하고 있습니다. 금년
에는 문학상 대상수상자로 시인 2명, 수필가 1명을 선정하였고
작품상 수상자로 시인과 수필가 4명을 선정하였습니다. 이들 수
상자들은 한국생활문학회의 종합문예지 생활문학의 품격을 높이
고 한국생활문학회는 물론 한국문단의 발전에 지대한 공헌을 한
문인들입니다.

신인상 수상자로는 공모를 통하여 시인과 수필가 등 9명을 선
발하였습니다. 이들 수상자들은 모두 시나 수필쓰기에 저력이
있는 한국생활문학회는 물론 우리 문단의 기대주, 우량주입니
다. 신인상 수상자들은 등단 문인으로 이제 시인, 수필가로서 문

인 인생, 작가 인생을 시작하게 됩니다. 아마추어 작가에서 프로 작가가 되는 것입니다. 자기이름 앞에 당당히 시인이나 수필가란 명칭을 붙이는 문인이 된 만큼 처절한 작가의식과 투철한 문인 정신으로 작품창출에 매진하여야 합니다. 한 줄의 글에도 작가의 식과 문인정신으로 책임감을 느끼고 혼을 담아야 합니다. 우리 문학회를 통하여 등단한 만큼 더욱 그리하여야 합니다.

우리 한국생활문학회는 우리나라 문단에서 세 가지 차별화된 특징을 가지고 있습니다.

첫째는 우리 문학회는 오랜 역사와 전통에 빛나는 문인단체라 는 것입니다. 한국생활문학회는 1964년도에 창립되어 오늘에 이르렀습니다. 한국 문단에서 우리 문학회와 같이 오랜 역사를 가진 단체는 손가락을 꼽을 정도입니다.

둘째 우리 문학회는 교직자 중심의 수준 높은 종합문인단체라 는 것입니다. 문학회 창설자가 교직자여서 그러한지 우리 문학 회는 교직자가 중심이 되어왔습니다. 이번 문학상 수상자에도 교직자 출신이 절반이나 되고 신인상 수상자 중에도 교직자 출 신이 있습니다. 특히 이번 신인상 수상자 중에는 박사가 2명이 나 됩니다. 신인상 수상자 중 22%가 박사로서 글쓰기에 내공이 깊은 작가들입니다. 신인상 수상으로 등단하는 문인이 많지만 수준이 떨어진다는 문단 일각의 우려가 있습니다만 우리와는 관 계가 없다하겠습니다.

셋째, 모든 연령대의 회원이 공존한다는 것입니다. 회원의 연령대가 넓다는 것입니다. 회원은 10대에서부터 90대까지 있으니 3세대가 공존한다 하겠습니다. 이번 신인상 수상자 중에도 80세의 수상자도 있고 19세의 고교생인 시인도 있습니다. 80대나 10대나 모두 이제 문인 인생을 시작하게 되는 것입니다.

신인문학상 수상자들은 우리 한국생활문학회는 물론 우리 문단의 미래이며 희망입니다. 그리고 문단의 꿈나무입니다. 이들 신인들이 엮어내는 글의 향기가 우리 사회를 향기롭게 하기를 기대합니다. 또한 이들 신인상 수상자들이 노벨문학상 수상자로 성장하기를 기대합니다.

시인, 수필가 등 작가로서 문단에 등단한 이상 프로의식을 가지고 더욱 왕성하게 창작활동을 하시기를 빕니다.

꿈을 꾸는 겨울

겨울은 정지의 계절이다. 또한 꿈꾸는 계절이기도 하다. 겨울에는 삼라만상이 얼어붙고 흐르는 시냇물조차 흐름을 멈춘다. 곰도 활동을 정지하고 동면에 들어간다. 정지된 겨울은 활동을 멈추고 꿈을 꾼다. 겨울은 당장 명년의 봄을 꿈꾸는 것이다. 봄에는 버드나무 가지에 물이 오르고 수압은 나뭇잎에 생기를 불어 넣어 나뭇잎에 윤기가 흐르게 한다. 겨우내 얼어붙어 있던 산천이 녹색의 생명력으로 활기를 띠고 꽃을 피운다. 봄을 꿈꾸는 것은 활기차게 뻗어나가 번성하여 지기를 꿈꾸는 것이다. 겨울 중에서도 1월은 더욱 그러하다. 1월은 겨울의 한 가운데로 한 해의 시작이요 한 회기의 시작이 있는 달이다. 한 해에 대한 꿈을 꾸는 것으로 한 해를 시작한다. 꿈은 계획이나 설계로 구체화되고 목표달성으로 완성이 된다.

문학단체도 겨울이 오면 동면기에 들어간다. 문학회의 회지를 발간하는 외에는 일반적으로 별다른 행사를 하지 않는다. 그리고 새봄에 대한 꿈을 꾸는 것이다. 일단 희망과 의욕으로 꿈을 생산한다. 장밋빛 청사진이라 할 수 있다. 그러나 그 꿈은 구상화되면서 실현가능성을 의식하게 되고 정리되어진다. 그러한 꿈은 다음 년도의 사업계획으로 나타난다. 사업계획은 정리된 꿈, 대체로 실현가능성 있는 꿈이라 할 수 있다.

내가 대표로서 책임을 맡고 있는 문학회도 겨우내 꿈을 꾼다. 계간지인 겨울 호 회지를 12월에 발간하고 명년 3월 봄 호가 발간될 때까지 동면에 들어가며 그 기간 동안 꿈을 생산하는 것이다. 그 꿈은 역사와 전통에 걸맞는 중견 문학단체로서의 위상을 확보하고 제몫을 하여 경쟁력을 갖게 하는 것이다. 나아가 외국의 유수 문학단체에 비견할 수 있도록 국제경쟁력을 강화하는 것이다. 또한 소속 회원들이 문학회에 대한 자부심과 긍지를 느끼고 애정과 열정을 갖게 하는 것이다.

돌이켜보면 우리 문학회는 1964년에 창설되어 급변하는 환경 속에서도 반세기 이상 중단 없이 유지되어 오늘에 이르렀다. 장구한 역사와 전통은 그 어떤 문학단체와 비교하여도 자랑할 만하다. 그러나 하나하나 분석해보면 미약하고 빈약하기 그지없다. 속 빈 강정인 것이다. 양과 질 모두 만족스러운 것이 없다.

우선 규모면에서 보면 반세기 이상의 역사를 갖고 있는 단체의 회원 수가 창립 1,2년의 신생 문인단체와 별 차이가 없다. 행사를 하려해도 회원 수가 적으니 참석인원부터 문제가 대두된다. 행사 참석인원 확보가 어려워 행사하기기 어려워지는 것이

다. 또한 회원 수가 적으니 예산 확보도 어려워진다. 예산규모
는 일반적으로 회원 수와 비례한다. 군소문학단체의 범위를 벗
어나지 못하는 것이다.

  질적으로도 문제가 있다. 우선 문학단체의 얼굴이라 할 수 있
는 문학회지의 수준이 높다고 할 수 없다. 회지의 수준은 회원
작품의 수준이다. 일부 작품은 어디에 내놓아도 경쟁력이 있지
만 전 회원의 전 작품의 질이 수준급이라 보기 어려운 것이다.
질이 평준화되지 못하고 들쭉날쭉하다는 것이다. 절대적인 질적
수준뿐만 아니라 타 문학단체의 회지와 비교한 상대적 질적 수
준도 우위에 있다고 할 수 없다. 그 외 여러 행사의 경우도 다르
지 않다. 문학회의 경우 일반적인 행사로는 신인상 시상, 문학
상 시상, 문학세미나 내지 심포지엄, 문학기행, 작품 낭송회, 시
화전, 문학관탐방 등이 있다. 행사를 하느냐 않느냐의 문제가
아니다. 모든 행사의 질적 수준을 평가하는 문제이다. 행사의
내용에 대한 문제이고 어떠한 콘텐츠를 개발하느냐에 대한 문제
이기도 하다.

  현대는 지구촌시대다. 더욱이 SNS 이용이 일반화되며 전 세
계가 실시간으로 소통되고 국경이 없어졌다. 우리나라 문단은
일찍이 그에 대한 문제의식을 가지고 준비를 하고 있는 듯하지
만 현재 문단활동만 국내무대를 중심으로 시류를 뒤쫓아가기 급
급한 듯한 실정이다. 우리 문학회도 별 의식 없이 관례적인 활
동을 되풀이 하는 실정이었다. 국제적인 의식과 감각을 가지고

국제적인 활동은 하지 못 하였다. 이제 시대변화에 부응하여 문단활동에 대한 의식을 국제화하여야 한다. 원시안적인 긴 안목으로 거시적으로 보고 국제적인 감각을 느껴야 한다. 어떤 심리학자는 꿈은 잠재의식의 발로라고 한다. 우리 문학회에 대한 현황파악과 문제점의 도출은 의식 속에서 맴돈다.

겨울에는 이러한 문제점들을 일거에 해결하고 우리 문학단체가 국제적인 시각에서 양, 질적으로 국제경쟁력을 강화하는 꿈을 꾸는 것이다.

문학 한류

우리나라의 아이돌, 방탄소년단(BTS)이 세계의 이목을 집중시키고 있다. 그들은 춤과 노래로 세계를 들썩이게 한다. 미국이건 영국이건 싱가폴, 브라질, 사우디아라비아 등 어느 나라건 공연하는 곳마다 대성황을 이루고 인기몰이를 하고 있다. 선진국이나 개발도상국, 5대양 6대주 가리지 않고 외국의 펜들은 한국말로 가사를 따라 부르며 한국어도 배우고 있다. 방탄소년단은 지금 한류열풍의 중심에 있다.

2018년 우리나라의 방탄소년단은 노래와 춤으로 세계를 제패하였다. 노래와 춤으로 세계 팝 음악계뿐만 아니라 문화계, 경제계, 정치계를 강타하였다. 방탄소년단의 노래는 빌보드 차트 1위에 오르고 그들 7명의 얼굴은 타임지 겉표지 모델이 되었다. 그리고 그들은 가수로만이 아니고 세계 차세대리더로 인정을 받았다. 타임지 겉표지에는 방탄소년단의 얼굴위에 차세대리더(NEW GENERATION LEADER)라는 표제를 달았다. 그들은 유엔의 초청을 받아 유엔에서 연설까지 하였다. 그들은 한류열풍에 박차를 가하고 있다.

노래뿐만 아니라 우리나라의 드라마도 한류를 일으키고 있다. 외국인들도 우리나라의 드라마를 많이 보고 열광한다고 한다. 외국을 여행하며 호텔방에서 텔레비전을 켜 보면 한국 드라마를 어렵지 않게 만날 수 있다. 최근 것도 있지만 오래전에 국내에서 인기리에 방영된 드라마도 있다. 외국인들은 우리나라의 드라마가 재미있다고 한다. 그리하여 우리나라 드라마가 전 세계에 수출이 되고 있다. 「대장금」은 일본뿐만 아니라 아라비아, 이집트까지 수출되어 대단한 인기를 얻었다 한다. 아주 인기 있는 드라마는 전 세계 100여 개국에 수출된다고 한다. 우선 방송 극본부터 재미가 있는 것이다. 각본은 이미 세계적 수준이라 볼 수 있다.

이제는 우리 문학작품이 새로운 한류의 진앙지가 될 수 있지 않을까 생각된다. 문인들이 글로써 문학한류를 일으킬 듯하다. K-POP한류에 이어 문학 한류를 일으킬 것이 기대된다. 이미 신라시대 최치원 같은 문인은 「토황소격문」을 지어 당나라에 그의 문명을 떨쳤다. 1945년 해방 이후 이미륵은 『압록강은 흐른다』라는 소설을 써서 독일문단의 주목을 받고 그의 작품은 여러 나라에 영역되었으며 독일 중·고등학교 교과서에도 실렸다.

근래 소설가 한강은 『채식주의자』란 소설로 노벨문학상에 버금간다는 세계3대 문학상의 하나인 맨부커상을 받고 국제적인 명성을 얻었다. 문학한류를 일의 킨다고 전혀 이상할 것은 아닐 것이다. 우리는 문학한류의 저력을 가지고 있다. 아직 빛을 못 보고 있을 뿐이다. 한용운, 윤동주 같은 문인이 그리워진다. 영국의 세익스피어와 같은 대문호가 우리나라에 등장하지 못할 이유가 없다. 우리 문단에 세계적인 작가들이 많이 등장하기를 기대하게 한다. 우리 문인들이 혼을 담은 글을 써서 세계를 감동시킬 날이 빨리 오기를 고대한다. 우리나라 문학작품이 세계적인 독자층을 가지고 인기리에 읽히길 소원한다. 전 세계독자들이 한국의 문학작품을 다투어 찾게 되는 꿈을 꾸어본다. 더불어 자연스럽게 노벨 문학상 수상자가 등장하기를 바라는 것이다.

우리 문단, 문학계의 방탄소년단이 출현할 날이 기다려진다. 그리고 문학한류가 전 세계에 확대되기 바라는 마음 간절하다.

문인단체의 경영과 회지의 차별화

우리나라 문인단체들의 운영은 대체로 어렵다. 문인단체의 얼굴이라 할 수 있는 회지조차 이러저러한 사정으로 제 때에 발간하지 못하는 경우도 있다. 또한 행사비용의 조달이 어려워 행사를 주저하는 단체도 있고 외부의 지원을 받아야 행사를 할 수 있는 단체도 있다. 업무 면에서도 지시 통제가 어렵고 단체보다는 단체의 직책을 담당하고 있는 개인의 사정을 우선하여 업무에 차질을 초래하는 경우도 있다. 담당자의 개인사정으로 문서의 발송이나 연락이 늦어져 행사에 문제가 발생하게 되는 것이다.

우리나라에는 200여 개의 각종 문인단체들이 있다 한다. 장르별 협회도 있지만 일반적으로 문학회라 한다. 규모면에서 회원 100명 미만의 군소 문인단체, 문학회도 적지 않다. 전국단위의 조직이 아닌 지역단위의 조직으로 활동하는 문학회도 있다.

국내 대부분의 문인단체들이 전문직업인들의 전문업종별 단체라기보다는 취미단체나 친목단체의 성격을 띠고 있다. 문학을 직업으로 하는 문인들의 직업별 단체의 성격이 약하다는 것이다. 심사나 추천 등을 통하여 문단에 등단한 등단 문인은 등단하지 않은 아마추어 작가와는 구별된다하지만 실질적인 프로라고는 할 수 없다. 일반적으로 등단작가로서 주로 원고료를 받고 글을 쓰고 그것으로 생계를 유지하는 직업작가라고 할 수 없기 때문이다.

또한 문학회의 운영도 일반적으로 취미단체나 동호인들의 모임인 친목단체의 운영과 별로 다르지 않다. 문학회를 운영하는 조직이 있고 임원이 있지만 직책을 맡고 있는 대부분이 무급으로 봉사한다. 월급을 주는 경우도 있지만 사무국장 등 일부에 한정되고 있다. 단체 조직상 직책 담당자로서의 책임보다는 문우, 동료, 친구의 협조나 봉사개념이 강한 편이다. 문학회의 수입 지출이 있고 사업, 행사가 있지만 심한 경우 주먹구구식으로 운영되고 있는 실정이다. 사업계획서가 있어도 전례에 따라서 관례대로 하는 것이 일반적이고 지향하는 목표가 없는 경우도 있다. 문학회의 사업이나 일거리도 개인 사정이 우선하여 제대로 업무가 추진되지 못하기도 한다. 조직의 목표달성보다 구성원의 개인사정이 우선되기도 하는 것이다.

문학회도 조직과 예산이 있고 사업이 있는 만큼 경영개념이 도입됨이 바람직하다. 문학회도 하나의 경영체로 경영이념과 경영전략하에서 경영기법이 도입되어 경영되어야 할 것이다. 그리고 경영목표를 설정하고 경영성과와 경제성, 효율성, 생산성 개념을 의식하여야 할 것이다. 특히 문학회의 성장과 발전을 위하여 마케팅전략이 필요하다. 우리나라 문학단체가 의식을 전환하고 경영전략에 따라 경영되고 선진화되고 발전되기를 바라는 마음 간절하다.

더불어 문학단체의 얼굴이며 간판이라고 할 수 있는 회지도 특성화, 차별화됨이 바람직하다. 국내 대표 문예지로는 1955년에 창간한 『현대문학』을 비롯하여 1968년에 창간한 『월간 문학』, 1966년의 『창작과 비평』, 1971년의 『한국수필』 1972년의 『문학사상』, 1970년의 『문학과 지성』(『문학과 사회』의 전신), 1977년의 『문예중앙』 등을 들 수 있다. 그 외 다수의 종합문예지나 장르별 문예지가 창간되었다 폐간되었다.

오늘날 문학회의 회지는 월간지나 계간지, 종합문예지나 시, 수필 등 장르별 회지 등으로 분류되는 외에는 회지별로 특성화되어 있다고 보기 어렵다. 소설중심의 회지라 하면 단편이나 장편으로 특화할 수 있을 것이고 수필이라 하면 기행수필이나 자전적 수필, 실험수필 등 나름 어느 한 분야로 특화할 수 있을 것이다. 회지를 특성화하는 것은 회지의 존재가치를 높이고 전문화, 개성화하는 것이 될 것이다.

우리나라 문학회의 효율적인 경영관리와 회지의 차별화와 특성화를 기대해 본다.